ジョゼフ・ガーバー／著
東江一紀／訳

垂直の戦場【完全版】（上）

Vertical Run

JN116009

扶桑社ミステリー
1605

Vertical Run (Vol. 1)
by Joseph R. Garber
Copyright © 1995 by Joseph R. Garber
Japanese translation published by arrangement with
The Author's Estate c/o Trident Media Group, LLC through
The English Agency (Japan) Ltd.

鵲《かささぎ》と呼ばれるスティーヴ・オレスマンに
そんな上等な鳥は、この辺では見かけない。

上巻　目次

転落、不和、争い、反目、殺人、不満、危惧……奸計……略奪、窃盗、強盗、うそ、騒音、騒動、動揺……大損害、恨みと憤り……ぺてん、反逆、放火、姦通……戦争、嫉妬、憎悪、怨恨……そして、最後に、ありとあらゆる種類の悪。

——ヴォーンの『一五五九年の暦と予兆』

人間は、生物学的に見ようと、他のどんな物差しで測ろうと、すべての肉食獣のなかで最も度しがたい。

——ウィリアム・ジェームズ

垂直の戦場【完全版】（上）

登場人物

デイヴ(デイヴィッド)・エリオット――センテレックス社執行副社長

バーニー(バーナード)・レヴィー――センテレックス社会長

ジョン・ランサム――特殊コンサルティング事業団副会長

ハリー・ハリウェル――弁護士。デイヴの友人

ジョン・クロイター――大佐。ベトナムでのデイヴの上官

マージ(マリゴールド)・コーエン――アメリカン・インターダイン社社員

フレッド・サンドバーグ――医師

ヘレン――デイヴの妻

アンジェラ――デイヴの前妻

マーク――アンジェラとデイヴの息子

スコット・サッチャー――センテレックス社役員。デイヴの友人

プロローグ

そして、わたしたちは馬を駆った。わたしの魂はのびのびと広がった。長いことしまわれていた巻き物が風にさらされ、はためくように。

――ロバート・ブラウニング『最後にともに馬を駆る』

馬に乗った若者がふたり。

背の高いほう、デイヴィッド・エリオットは、痩せていて、肌が浅黒く、手足が長い。茶色の目は真摯《しんし》な感じだが、顔にはうっすらと笑みが浮かんでいる。背の低いほう、タフィー・ワイラーは、ブルドッグみたいなずんぐりむっくり。針金のような髪は、着ている絞り染めのTシャツと同じくまっ赤で、青い目は、いたずらっ子そのままにきらきらしている。

デイヴはインディアナ出身。タフィーは、生まれも育ちもニューヨーク。ふたりはサンフランシスコで出会った。この夏、行くべき場所はそこしかなかった。今や、ふたりは無二の親友だ。

九月になるとタフィーは、サンホゼ近郊にある中堅電子機器メーカー、ヒューレット・パッカード社で働き始める。ニューヨーク大学の学生でその会社を知る者は少ない。インディアナ大学の予備役将校訓練部隊プログラムを終えたデイヴは、陸軍に入る。八月の第三週に出頭する予定。ベトナム行きはまちがいない。

この遠乗りは、ふたりで出る最後の旅だ。夏の終わりには、大人の世界が待っている。

きょう、ふたりは、サンフランシスコから三百キロ以上東にあるシエラネヴァダ山脈にいる。きのう、分水嶺《ぶんすいれい》を越し、小型トラックで待ち受けていたなめし革のような肌の男から馬と荷物運搬用の騾馬《らば》を受け取ると、山奥の秘境めざして、馬首を西へ向けたのだった。

ここ、標高二千七百メートルを優に越える岩だらけの斜面に着いたころには、二頭の馬は息を切らしていた。あたりに人の通った跡はない。勾配が急なのだ。地面は花崗岩《かこうがん》でできており、灰色の岩に黒い縞《しま》が入っている。小さく白い石英《せきえい》が、蹄《ひづめ》に踏まれて、斜面を転げ落ちる。午後の陽射しを浴びた石はまぶしく輝き、直視することができない。

ときどき、デイヴは、この夏たくわえた大仰な口ひげを撫でる。大人びて見えると信じている自慢の口ひげだ。実際には、そんな効果は出ていない。

タフィーが横目で彼を見る。「ひとつ頼みがあるんだ、相棒。今度、約束どおり俺の前に現われるときも、その口ひげを生やしててもらいたい」

「口ひげはなくなっているよ。クルーカットにして、ひげをきれいに剃り、これぞアメリカ男児っていう恰好になるからな」

「おお、勘弁してくれ！」

「勘弁してほしいのは、こっちだ。ひと缶、くれないか。おまえと言い合うと、喉がからからになる」

タフィーが生温かいバランタインの缶を鞍嚢《あんのう》から取り出す。缶の穴あけといっしょに、それをデイヴに渡す。デイヴは缶に穴をあけると、急いで口もとへ運び、舌で泡を受け止める。それから、へなへなになった麦藁《むぎわら》帽子のつばを上げ、母親に持たされた六枚のハンカチのうちの一枚で、ひと筋の汗を拭う。「あと、どのぐらいだ？」

タフィーがいびつな笑みを浮かべる。「俺に教えてくれた連中の話どおりなら、もう着いてるはずなんだ。もちろん、話をしたとき、あいつら、すっかりできあがってたけれどね」

デイヴはくすくすと笑う。

ふたりは馬を進める。

目的地に着いたのは、日没近くだった。天空が赤く燃え、山に静寂が訪れる聖なる時間。小さな丘に登り、下を見る。デイヴは息をのんだ。美しさに、心臓が止まりそうになる。

「完璧だ」タフィーがささやく。「あいつらが言ったとおり、完璧な場所だ。そうだろ、ちがうか?」

デイヴは答えない。目にしているものに、インディアナ州立スタジアムの五倍、いや、六倍はあると思われる小さな谷に、心を奪われていた。谷はほぼ完全な円形で、白く急な崖が三方を囲み、いちばん奥に針葉樹林がそびえており、小さな湖が真ん中にあった。湖の色は緑、それも、エメラルド・グリーン、緑色のガラスびんよりも濃い緑色だ。夕方の穏やかな影が、谷に落ちている。動くものは何もない。空気はワインのようだ。デイヴは、これまで味わったことがない感覚、二度と味わえないような感覚を味わった。宙に持ち上げられ、自分が全体となる。

と、そのとき、矢羽根が風を切るような音とともに、尾の赤い鷹《たか》が空から現われた。

鉤爪《かぎづめ》が灰色の小動物をひっつかむ。鷹は甲高い勝利の声をあげて、あっというまに見えなくなった。すべてが、数秒のうちに行なわれた。その飛翔のあとを示すものといえば、鷹の去った空中に舞うつややかな羽根ひとひら。デイヴの馬が、おびえてあとずさる。デイヴは馬の首をたたいてやる。

「湖のほとりでキャンプといこうか、相棒？」

「それでいいよ」デイヴは答える。うわの空だった。驚嘆の念に打たれ、夢の世界にいるような心地がしていた。シャングリラ、バリ・ハイ、アヴァロン、アルメニア・イン・ザ・スカイ、オズ、不思議の国、バルスーム――誰にも、秘密の夢の場所がある。この谷は、デイヴの夢の場所だ。その美しさに、彼はからめとられた。この谷を自分はけっして忘れないだろうし、これから先、どんな困難に出会おうとも、この瞬間とこの場所の記憶が自分をなぐさめ、心に平和をもたらしてくれるだろう。

この瞬間はデイヴの人生で最良の時であり、これほどすばらしい時を経験することはもうなく、今後はこの時を強いあこがれとともに思い出すことになる。デイヴはそれを承知していたし、それゆえに悲しみを覚えた。

第一部　会社での不運な一日

欺瞞《ぎまん》はいかなる場合でも憎むべき行為だが、戦争においてのみ、賞賛すべき輝かしい行為となり、策略によって敵に勝つ者は、力によって敵に勝つ者と同様に、たたえられるべきである。

――マキアヴェリ『君主論』

第一章　デイヴはこうして失業した

1

行方をくらました日の朝、デイヴィッド・エリオットは、いつもの平日と同様、午前五時四十五分に目を覚ました。二十五年前の暑く、緑濃い土地で、望んだ時間に起きるこつを覚えたのだった。今では、それは習慣のひとつにすぎない。

デイヴは、プラテージのシーツの下から脚をそっと出した。妻のヘレンが小さなボールのように体をしっかりと丸めて寝ている場所、ベッドの右手に、何気なく視線を送る。ヘレンのナイトテーブルに置かれたパナソニックのラジオ付き目覚まし時計は、八時二十分にセットされていた。妻がより文化的な仕事のために起き出すころ、夫のほうは街なかのオフィスで仕事に励んでいるというわけだ。

クロゼットへ入り、棚からナイキとスウェットスーツと靴下とヘッドバンドを取り出した。それから、長く、低い、あまりにもモダンすぎる箪笥《たんす》――改装の大好きなヘレンの最新の成果――へ赴き、抽斗《ひきだし》からウェストポーチを探し出すと、丸めた下着の替えと財布と鍵と金のロレックス・プレジデントの腕時計を突っ込む。

客用のバスルームで用を足し、歯を磨いてから、キッチンへ行った。東芝製コーヒーメーカーの抽出ランプが緑色に輝いている。タイマーのデジタル表示は、五時四十八分だ。ポットのコーヒーを、エメラルドグリーンの大きなマグカップに注ぐ。東京へ出張した際に、泉岳寺を訪れて記念に買った、四十七士の図柄のマグカップだ。フィルターバスケットのかすを捨て、水容器に水を入れて、八時十五分にタイマーをセットしなおす。デイヴと同様、ヘレンにも朝のコーヒーが必要だ。もしかすると、デイヴより必要かもしれない。なにしろ、起きたてのヘレンは、愛想がいいとはとても言えず、レキシントン街の画廊のドアをあけてようやく、にこやかなふるまいを見せるのだから。

熱く、濃いコーヒーが、デイヴの喉を下る。デイヴは喜びに震えた。

パジャマの足もとを、何か柔らかいものがかすった。デイヴは手をのばし、猫の顎《あご》をくすぐった。「おはよう《ボン・マタン》、かわいこちゃん《マ・ベル》」猫というのはみな、フランス語で声をかけられるのが好きなのだ。アパッチという名前のその猫は、首を弓なりにそらし、伸びをして、喉を鳴らした。

ヘレンはアパッチの名前を嫌っていた。名前を変えるよう、一度ならずデイヴに迫った。再婚では、最初の結婚よりも譲歩する事柄が多くなる。デイヴはそれを心得ていたし、妻の頼みを聞き入れるべきだとわかっていた。だが、猫の名は猫の名であって、飼い主の意向とは無関係なのだ。そういうわけで、結婚後五年たっても、デイヴはまだその猫を〝アパッチ〟と呼び、ヘレン（ブロンドで、我を通すことに慣れている）のほうは〝あの猫〟と冷たく呼んでいた。

アパッチが朝の散歩に出発する。「じゃあな《オウ・ルヴォワール》、アパッチ」デイヴはささやき、そうすることによって、妥協、妥協で傷つけられている自尊心を少し満足させた。

猫と性悪女のちがいについて、いかがわしいことを考えながら、アパートメントのドアの外から《ニューヨーク・タイムズ》の朝刊を取り出す。ダイニングルームのテーブルにつき、それから数分間、コーヒーをちびりちびりと飲み、新聞をめくっていった。じっくり読むことはしない。早朝に新聞に目を通すのは、一日の最初のコーヒーを味わうための口実にすぎないのだ。

経済面へページを繰ったとき、右手がまったく無意識に左胸へ這いのぼり、そこをたたこうとしているのに気づいた。デイヴは顔をしかめた。目ざとく、皮肉っぽい、内なる声――デイヴは常々それを自分の守護天使だと考えている――がささやく。

〈また煙草を探したな。やめて十二年になるのに、体はいまだに朝の一服を欲しがる。なあ、相棒、煙草会社の株を買い戻したほうがいいんじゃないか〉

「おはようございます、エリオットさん。走るにはもってこいの日で」このドアマンは、建物に住むランナーに、〝走るにはもってこいの日〟だと毎日請け合うことが自分の義務だと信じている。

「おはよう、タッド。きょうの新聞には、リトアニアのことは載っていたかい?」

タッドの祖先は、一八八〇年代に合衆国へ移住してきた。タッドに言わせれば、それはついこのあいだの出来事だ。タッドは、祖国に強い愛国心をいだいている。デイヴの記憶では、ヘレンとここのアパートメントを購入して以来三年というもの、タッドがリトアニアについて何か言わなかった日は一日もない。

「《ニューズ》にも《タイムズ》にも、なんにも載ってませんでしたよ、エリオットさん。でも、ヴィリニュスから新聞が来るんです、郵便で。たいてい、水曜か木曜に届きます。あすには、情勢を教えてさしあげましょう」

「頼むよ」

「ねえ、その手、どうしたんです？」デイヴの左手に巻かれた包帯を、タッドが指さす。

「嚙まれてね」

タッドが目をしばたたいた。「また、ご冗談を」

「冗談じゃないさ。うちで……つまり、うちの会社で、ロングアイランドにある研究施設を買収したんだ。きのう、そこへ視察に行った。で……その……従業員のひとりが、新しい経営陣に不満を表明したわけだ」デイヴは苦笑した。「乗っ取りでもないのにね」

タッドがげらげら笑いながら、正面扉を押しあける。「俺をからかってるんでしょ？」

「まさか。会社勤めでは、いろいろなことが起こるのさ。餌をやっていて、手を嚙まれるとか……」

タッドがまたうれしそうに笑う。

「俺、ただのドアマンでよかったですよ、エリオットさん。よい一日を」

「きみもな、タッド。またあした」

「ええ、エリオットさん。行ってらっしゃい」

土曜と日曜には、デイヴは五七丁目通りを五番街に向かって西へ走り、それからセントラル・パークへ北上する。土日のジョギングは、このうえなく純粋な喜びだ。頭のおかしい危険な連中が平日ほど通りにいなくて——そう見えるだけかもしれないが——、走ることに集中できる。何よりも、週末には、マークがコロンビア大学からやってきて、父親と並んで走ってくれる。デイヴの息子、前妻のアンジェラとのあいだにできた息子のマークは、デイヴの最大の自慢の種だ。マークといっしょのジョギングは、デイヴにとって、一週間の華であり、いちばんの楽しみだった。

デイヴは、週末のジョギングに参加するよう、いつも必ずヘレンを誘った。ヘレンが承諾したことはない。ヘレンは、ジョギングで汗をかくのは泥くさいことだと思っていて、金のかかるスポーツクラブで、もっと金のかかる個人トレーナーの指導のもと、洗練された汗をかくほうを好んだ。

まあ、好きにすればいい。マークといっしょならば、降っても晴れても、走るのは楽しいのだから。

平日のジョギングは、そこまで楽しくはなかった。どうやって走ろうと、どこを走ろうと、注意が欠かせないのだ。避けたほうがいい区画があり、裏通りは危険だった。橋や陸橋の下を走るのは向こう見ずな者だけで、分別のある人間は夜明け前に走り始めたりはしない。朝のジョギングでは、世の中に敵がひとりもいないデイヴのような男でさえ、ときおり背後を注意深くうかがった。

平日のデイヴは、五七丁目を東にサットン・プレイスまで走り、それからヨーク街を北上して、フランクリン・D・ローズベルト・ドライブにかかる歩道橋を渡る。イースト川沿いの散歩道をさらに北へ向かい、一〇〇丁目近くまで走る。そこから、ふたたび南に方向転換し、来た道を引き返す。もう一度歩道橋を渡って、西へパーク街まで走り、それから、五〇丁目とパーク街の角へと南下する。

オフィスに入るのは、たいてい午前七時を回ったばかりのころだ。

執行副社長であるデイヴィッド・エリオットには、その地位にふさわしい特典が与えられていた。四十五階にある彼のオフィスは、七十五平方メートルの贅沢《ぜいたく》で趣味のいい仕事用スペース、ウォークイン・クロゼット、控え目なホームバー、それに、浴槽とシャワーの付いた本格的なバスルームから成っている。

デイヴは熱い湯が好きだった。頭からつま先まで二度洗いするうちに、蒸気がバスルームを満たした。シャワーを浴びながら、蛇口の上の棚からジレットの安全剃刀《かみそり》とシェービングクリームの缶を取る。ひげを剃るとき、デイヴは鏡を使わなかった。思い出せないぐらい昔から、そうだ。これも、思い出すのもいやな戦争で身につけた習慣なのだった。

午前七時二十分

デイヴィッド・エリオットは、腰にタオルを巻いて、バスルームからオフィスに出た。マホガニーの机の後ろにあるそろいのマホガニーの戸棚で、自宅と同じ型の東芝製コーヒーメーカーが三度ブザーを鳴らして、コーヒーができあがったことを知らせる。デイヴはチョコレート色のマグカップにコーヒーを注いだ。カップには、銀色のほうろう引きの角張ったデザインが盛り上がっている。センテレックス社のロゴだ。

デイヴはコーヒーをひと口飲み、ため息をついた。コーヒーのない生活など、想像するだに恐ろしい。

あっ、やられた。戸棚の上をふと見ると、水彩画が斜《なな》めに掛かっていた。一週間か二週間に一度は必ず、夜間清掃員が乱暴に振るうはたきのおかげで、絵が傾いている。ささいなことなのだが、近ごろはだんだん腹立たしさを覚えるようになった。

コーヒーカップを真鍮《しんちゅう》のコースター（これにも、センテレックス社のロゴが浮き出ている）の上に置き、絵をまっすぐに直す。一七〇〇年代半ばに描かれた、華嵒《ファイエン》による眠れる虎の図。きわめて美しく、きわめて高価なこの絵は、センテレックス社で働くことで得られる結構な特典のひとつだ。たいていの会社のお偉がたよりは有能な、会長のバーニー・レヴィーは、役員用美術品の購入を、金のかかるインテリアデザイナーや、それよりもっと望ましくない役員の妻たちの手には委ねなかった。そして、質の高い芸術。巨匠の作品のみを、本社ビルに飾らせた。こうして、四十五階の受付に、レオノール・フレニィによるチョークで描かれた六枚組の作品が飾られた。廊下には、オロスコ、ルオー、ベックマン、バルラハ、アンソールがあった。そのほか、役員たちの部屋の壁には、ピカソ、ムンク、トーマス・エーキンズ（言うまでもなく、センテレックス社顧問弁護士室内）、たいそう高価なマティス、驚くほど抽象的なホイッスラーが見られる。バーニー自身はカミーユ・ピサロの大ファンで、その油絵が二枚、役員用会議室に誇らしげに飾られている。もちろん、バーニーはああいう人間だから、センテレックス社が絵画をその美術的価値ゆえに購入したと見栄を張ったりはしない。社のコレクションについて訪問客に何か言われれば、絵の価格がどのぐらい上がって、売ればいくらの儲けになるなどと、得々と話した。だが、それは本心から出た言葉ではなかった。バーニーには、コレクションの一点たりとも売る気はない。あまりにも深く、バーニーはコレクションを愛している。デイヴは、虎を見つめながら、後ろに下がった。絵はふたたびまっすぐになった。少なくとも、デイヴの目には……。

さて、お次は音楽だ。ステレオのスイッチを入れる。丁善徳《ティンシャンデ》の『長征』交響曲のはじめの小節が、スピーカーから静かに流れ出した。アメリカの音楽会社はなぜ中国のロマン派を無視するのだろう、となんとなく考える。

答えはわからないし、国の力関係にも増して文化の力関係には関心がないので、デイヴは疑問を頭から追い出した。そして、コーヒーカップを手に取り、もうひと口飲む。うーん、うまい！

ほとんどいつも、デイヴは会社にいちばん早く出勤する——少なくとも、役員のなかではいちばんだ。会社という船の船長バーニー・レヴィーは、八時ぐらいにならないと姿を見せない。迎えのリムジンがニュージャージーのショート・ヒルズを発つのが、六時五十分きっかりなのだ。ほかの役員たちがやってくるのは、八時十五分から八時四十五分のあいだで、グレニッチやスカーズデールやダリエンでどの列車に乗るかによってちがったし、列車が時間どおりに走るかどうかに常に大きく左右される。秘書の第一陣が到着するのは、八時三十分ちょうど。

そこで、デイヴはいつもの朝と同じように、裸で（タオルだけ巻いて）ゆったりと机に向かって座り、二杯めのコーヒーを味わいながら、《ウォール・ストリート・ジャーナル》をじっくりと読んだ。

幸福な数分間が過ぎてから、三杯めのコーヒーの入ったカップを片手で持ち、きょう着る服を選ぶため、のんびりウォークイン・クロゼットへ入っていく。

カーキ色にごく近い黄褐色の軽いスーツに決めた。この夏の猛烈な蒸し暑さは去ったものの、九月下旬の気候はまだ暖かい。デイヴのウールのスーツは、あと二、三週間、ハンガーに掛かったままだろう。

ズボンをはいて、ベルトを締め、履き心地のよいソフトレザーの、バリーのローファーに足を突っ込むと、洗いたてで糊《のり》のきいたワイシャツを袋から取り出す。ワイシャツを着て、少し思案したのち、青い文様の入った淡い黄色のネクタイを、ネクタイ掛けからはずした。クロゼットのドアの裏には、等身大の鏡が付いている。デイヴは姿を確認するため、ドアを四分の三ほど閉じた。

〈鏡なしでネクタイを結ぶ方法は、覚えなかったんだな?〉守護天使がきいてくる。

デイヴは入念に全身を観察した。〈悪くない。まったくもって、悪くないよ〉彼のウェストサイズは、大学のときから変わっていなかった。四十七歳になるが、それよりも若く見える。〈このハンサム野郎め。千年は生きられそうだぞ〉デイヴは、同意するかのようにうなずいた。日課のジョギング、週にふた晩のウェイトトレーニング、ときどき高級な葉巻を吸うだけの喫煙習慣、ヘレンでさえ文句のつけようのない食餌制限、控え目なアルコール摂取……。

「デイヴィ？」

背後のオフィスで、問いかける声がした。バーニー・レヴィーの声だ。あのがさつなブルックリンなまりは、まちがえようがない。デイヴはロレックスに目をやった。七時四十三分。けさは道が空《す》いていたらしい。センテレックス社の最高経営責任者《CEO》は、いつもよりずいぶん早くご出勤だ。

肩をすくめて上着に袖を通し、ネクタイの結び目をわずかに左に動かして、コーヒーカップをつかむと、クロゼットのドアを押し開けた。

「やあ、バーニー。どうしたんだい？」

バーニーは、クロゼットに背中を向けていた。彼がこちらを振り向くまで、デイヴは銃が目に入らなかった。

2

ここ、ジャングルには、二種類の時間がある。長い時間と、のろい時間だ。長い時間は、ふつうに手に入る。木の下や、小屋や野外テントのなかで座っていたり、あるいは、一列縦隊で奥地を忍び足で歩いていたりして、何も起こらないとする。何時間たっても、何も起こらない。そして、タイメックスを見ると、前にその腕時計を見たときから五分しかたっていないことに気づく。長い時間。

もう一種類の時間は、のろい時間だ。鈍い金属音がして、AK47小銃の薬室に弾丸が送り込まれる。それから、閃光がきらめき、爆音がして、悲鳴があがる。そこらじゅうに弾丸の雨が降り、しかも、どの弾丸もとめどなく自分に向かってくる。そして、猛烈な恐怖と少なからぬ憤怒の数時間が過ぎて、銃撃がやみ、地獄から戻った思いでタイメックスに目をやる。

結果はいかに？　最後にその腕時計を見たときから五分しかたっていない。

のろい時間。時計が糖蜜に漬けられてしまったかのようだ。秒針の動きののろさに、男たちは泣く。男たちは、南ベトナム援助司令部特殊部隊員だ。彼らの袖章《そでしょう》の図柄は、緑色のベレー帽をかぶった、牙を持つ髑髏《どくろ》。人並みはずれて無情で、人並みはずれて悪い男たちなのだ。何にも動じない男たち。そんなやつらが、腕時計を見て、泣く。

ある日の午後、コルダイト爆薬と熱い真鍮のにおいがまだ生々しく残っているなか、デイヴィッド・エリオット中尉は、腐った木の切り株に、青みのついた鋼鉄のタイメックスを置くと、モデル1911Aコルト四五口径自動拳銃に、弾丸をフル装塡した弾倉を押し込み、腕時計をこっぱみじんに破壊した。

バーニー・レヴィーの手に握られた拳銃は、やけに小さく見えた。バーニーは、デイヴより背が十センチ低く、体重が十キロ多い。バーニーの手は大きく、ふっくらしている。拳銃が手のなかに隠れてしまいそうだ。ニッケルめっきの拳銃だった。銃把《じゅうは》が象牙であるほうに、デイヴは賭けたくなった。〈小口径だな〉デイヴの守護天使がささやく。〈二五口径? おそらく二二口径だろう。たいした殺傷力はない。もっとも、この距離なら、人ひとり十分に殺せるだろうけど〉

「バーニー、なんで……」

バーニーは疲労の極みにあるようだった。目はまっ赤で、まわりに隈《くま》ができている。

かつて鷹のように鋭かった顔は、年齢とともに締まりがなくなっていた。デイヴには読み取ることのできないなんらかの感情で、顎が震えている。〈彼は何歳になる？六十三か？〉デイヴは、自分が正確な年齢を知っているはずだと思った。

「……銃を？」

バーニーの目はうつろで、まぶたが半ば閉じていた。爬虫類《はちゅう》の目のように、冷たく、そしてうつろだ。瞳には、なんの感情も現われていない。デイヴはそこに、何かが見えることを期待した。それが何かは、わからなかったが。

「どうしたというんだ？」

バーニーがゆっくりと手をのばして、銃口を上げる。

〈なんてことだ、引金を引く気だ！〉

「バーニー、なあ、しゃべってくれ」

バーニーの唇が動き、きゅっと結ばれたが、すぐにゆるんだ。銃を持つ手に、力が入る。「バーニー、だめだ。説明してくれ。バーニー、お願いだから……」

バーニーの肩がぴくりと動いた。唇をなめて、「デイヴィ、これは……こうするしかないんだ……きみにはわからんよ、デイヴィ……バーニー・レヴィーが自分を責めても、神は許してくださらんだろう。デイヴィ、デイヴィ、これがどんなにつらいことか、きみにわかるわけがない」

不思議なことに、デイヴはもう少しでくすりと笑いそうになった。もう少しで。

「これによって、あんたのほうがわたしより傷つくってことかい？　そう言いたいのか、バーニー？」

バーニーがため息をつき、唇をすぼめる。「いつでも、冗談めかすんだな、デイヴィ。いつでも、わかったようなことを言いおって」銃を握っている手に、ふたたび力がこもった。

のろい時間。コーヒーは、火傷するほどではないが、十分に熱かった。それがバーニーの顔に、大きく開かれたその目に達するまでには、永遠とも思える時間がかかった。液体が、バーニーの目にまともに降りかかる。バーニーが悲鳴をあげた。デイヴは左腕を低くし、のばした状態で、一歩、二歩、三歩前進した。バーニーの揺れる銃口へ、何時間もかけてまっすぐ向かっていく。

包帯をした手の痛みにたじろぎながら、バーニーの腕をぐいと持ち上げた。バーニーの股間へ、膝蹴りを見舞う。パンクしたタイヤのような音が、バーニーから漏れた。拳銃が手から離れる。デイヴはそれを空中でキャッチした。バーニーの体が折れ曲がって、頭がデイヴの腰の高さに来た。デイヴは銃尾で彼の後頭部をたたいた。強く。

二度。

バーニーは床に倒れ、動かなくなった。デイヴは彼を見下ろす位置に立って、肩で息をしながら、時計が通常の速さに戻るのを待った。だが、頭のなかは、次に何をすべきかということでいっぱいだった。

会社生活には、興奮がつきものだ。悪人もいれば、英雄もいるし、勝利もあれば、敗北もあり、熱い血潮がぶつかり合うこともある。友情が生まれ、やがて壊れる。きつい言葉が飛び交う。きびしい競争、むき出しの敵愾心《てきがい》……。だが、社内の対立でものを言うのは政治的手腕であって、本物の肉体ではない。ビジネスマンが銃を抜き合う場面など、テレビのなかでしか、それも、ばかばかしい番組でしか見られないはずだ。

そのような考えが、高度に圧縮されたかたちで、乱れた息を整えようとしているデイヴィッド・エリオットの脳裏をかすめる。この数秒間を思い返してみても、自分の上司が、友人だと思っていた男が、弾を込めた小火器で襲ってきた理由の手がかりをそこに見つけることはできなかった。

ある種の冗談だというなら、話は別だが。

〈冗談だって？　なんと、まあ……〉

デイヴは気分が悪くなった。それから、拳銃に目をやった。小型のブローニングだ。玩具ではない。象牙の銃把でもない。弾倉を取り出してみた。八発すべて装弾されている。遊底を後ろに引いた。薬室から弾丸が飛び出て、床に落ちた。その弾丸を拾いあげる。二五口径のホローポイント。

〈冗談じゃなかったな〉

じゃあ、なんなのだ？　バーナード・レヴィーを、誰よりも冷静な経営者である彼を、みずからの会社の役員に銃を向けるような行動に走らせたのは、なんなのだ？

何もない。あの行動を説明してくれそうな理由は、何ひとつない。まさにきのうの朝、新しく手に入れたロングアイランドの施設を視察に行く少し前に、デイヴはバーニーのオフィスで、一連のマーケティング報告書を彼と検討した。真心と思いやりに満ちたいい話し合いが持たれ、最後に、デイヴの勧告をバーニーが聞き入れて、終了した。

否定的な言葉は、ひと言も発せられなかった。それをほのめかすような言葉もなかった。

もっと以前のことだろうか？　ありえない。デイヴは、センテレックス社の二十以上の部門を任されている。それらを如才なく管理し、期待された結果を常に出してきた。そこに、衝突のもとを見つけることはできない。

とはいえ、いつもバーニーと意見が一致したわけではない。バーニーはやり手の事業家で、古いタイプの、大コングロマリットの経営者だ。移民の子としてブルックリンに生まれ、裸一貫から現在の地位にまでのし上がった。度胸と、先見の明と、抜け目ない企業買収の才能とで、センテレックス社を築き上げたのだ。

そして、いまだに企業買収をやっている。やらずにはいられないのだ。それが生きがいなのだ。バーニーは、安く買える小さい会社――かろうじて利益をあげている会社もあれば、そうでない会社もある――を見つけ出し、成長させるのが大好きだった。そういった会社を、ときにはセンテレックス社の傘下に残し、ときには、けっして損の出ない値段で売り払った。すべて、バーニーなりに先々の損得を見越したうえでの行動だった。ときどき、バーニーの買おうとする企業に、センテレックス社のほかの役員が異議を唱え、議論が戦わされることもあった。デイヴ自身、ロックイヤー研究所の購入に際しては強く反対し、続いて、買収完了後の運営責任者に命じられたときには、さらに強く文句を言ったものだ。

だが、そんなことが人を殺す理由になるだろうか？　百万年たっても、ならない。

何か私的な恨みだろうか？　仕事以外で、バーニーを侮辱したり、ばかにしたり、裏切ったりしたのだろうか？　していないはずだ。バーニーは、私生活では、まるで世捨人のごとく静かに暮らしている。デイヴは仕事以外の場でバーニーに会ったことがない。ふたりのあいだには単なる友情以上のきずながあるが、それは主として、四十五階のフロア上にかぎられていた。

そのバーニーが、デイヴを殺そうとした。ひと言の説明もなく。ただ銃を構え、悲痛な声でバーニーは言った。「バーニー・レヴィーが自分を責めても、神は許してくださらんだろう」

「ちくしょう、バーニー」デイヴは小声で毒づいた。聞く者は誰もいなかったが……。「もし人を撃ちたいんなら、頼むから、誰か特別なやつを撃ってくれ。わたしみたいな、平凡でつまらない男じゃなくて」

平凡――デイヴィッド・エリオットは、自分というものを知っていた。自分が、予測可能な平凡な生活を愛する平凡な男だと、正確に知っていた。確かに若いころ、インディアナの農場の洟《はな》たれ小僧だったころは、身のほど知らずの野心家だった。勇ましい活躍をして、勲章や名声を得たいと思っていたのだ。しかし、まもなく、そういったものは、相当の代償を払った結果として得られるのだと知った。だから今は、そして、もうずいぶん長いことそうなのだが、彼はただの平々凡々な男だった。いや、単なる平凡な男にとどまらず、生きた統計データだった。平均的な、高収入の会社役員のプロフィールとは、どんなものか？　デイヴィッド・P（ペリー）・エリオット、それが答えだ。結婚二回、離婚一回、信仰心があついとはとても言えず、金の使いかたは堅実で、社会との関わりは穏健、人種的には雑多で、体は健康、フットボールを好み、野球には退屈し、読書量は適切な量より少なく、テレビ視聴時間は適切な時間より長く、一夫一婦主義のつまらない気取り屋で、それでいながらときどき浮気をし、週に平均五十六時間働き、株式市場の動向を気にし、税金に文句を言い、賭事はせず、薬もやらず、年一回の健康診断を恐れている。休暇は、平凡な場所で過ごす。付き合う相手は、平凡な人々。平凡な慣習を忠実に守る。二十五年間、デイヴは平凡であることに身を捧げてきた。積極的にそれを受け入れ、平凡さ以外のものを人生に求めなかった。デイヴにとって、平凡であることが、〝いい〟という言葉の定義だった。デイヴは、ただの平凡な男にすぎないのだ。

それなのに、バーニー、あんたはどうしてわたしを殺そうとしたんだ？

平凡な男デイヴィッド・エリオットの脳みそには、その疑問に対する答えがまったく浮かばなかった。

デイヴは腕時計を見た。午前七時四十五分ちょうど。二分。のろい時間は終わっていた。自分がとるべき行動は、とにかく、助けを呼ぶことだ。ひょっとすると、バーニーは何かの発作に襲われたのかもしれない。脳の損傷か、それとも……〈……それとも、なんだ？〉皮肉屋の守護天使が、不満そうに言う。〈そいつはちがうな。相棒、おまえは今、ニューヨーク株式取引所上場の資本金八十億ドルの会社の、銃を持っていた会長を、自分のオフィスの高級カーペット敷きの床にぶちのめしたんだ。明らかに、おまえは、ビジネスマンとしての力量をはるかに超えた問題を抱えてしまった。おまけに、バーニーをかなり強く殴ったな。バーニーが単に失神しているだけじゃなかったら、どうなると思う？　例えば、もし……ああ、なんてことを……〉

デイヴは上着のポケットに拳銃をしまった。オフィスを出て、ひとつ深呼吸してから、角にある自分のオフィスとほかの役員たちのオフィスをつなぐカーペット敷きの長い廊下を小走りに進む。役員の誰かが早めに出勤しているとありがたいのだが。あるいは、秘書が。あるいは、受付係が。頼む、誰でもいい。

廊下の終わりにある受付エリアまで行った。冷たい目をした男がふたり、目の前に立っていた。デイヴを見るなり、ふたりの手が上着の下へのびる。

デイヴィッド・エリオットの時計が、ふたたびスピードを落とした。

3

デイヴは顔に笑みを作った。「おはよう。ぼくは、ピート・アシュビー。何かご用ですか？」

どちらの男も、体をこわばらせた。背の高いほうの男が目をすぼめ、デイヴの顔を見つめる。

「デイヴ・エリオットをお待ちですか？　デイヴはたいていいちばんに出勤するけど、今、彼のオフィスの前を通ったときは、まだドアが閉まってましたよ」

ふたりの男が、ほんの少しだけ緊張を解く。どちらもデイヴより背は低いが、体は、文句なく大きかった。〈ほんとにでかいな。まるで、重量挙げ選手か、プロレスラーか、手持ち削岩機を使う労働者だぜ〉ふたりの着ている既製のノーアイロン・シャツの襟回りは、少なくとも一八号だ。スーツの上着は、それぞれ茶色と灰色で（デイヴの見るところ、天然繊維百パーセントではない）、筋骨たくましい男たちの好むゆったりとしたデザインだった。もっとも、肩のホルスターの輪郭を隠すほどにはゆったりしていないが。

〈こいつらはおまえを知らないんだ、相棒。ついてるな。おまえの顔を知らないんだ。せいぜい写真を見たぐらいで、しかも、あまり写りのいい写真じゃなかったようだ。落ち着いて行動すれば、うまくこの場を切り抜けられるぞ〉

背の高いほう、白髪の交じり始めた髪を短く刈り込んだ四角い顔の男が、口を開いた。「いや、アシュリーさん……」

「アシュビーです。ピート・アシュビー。エンジニアリング部門の副社長です」

「これは申しわけない、アシュビーさん。連れとわたしは、レヴィー氏に会いに来ました」男の声には、かすかにアパラチアなまりがあった。テネシー州東部か、ノースカロライナ州西部か、とにかくアパラチア山脈のどこかだろう。一般に、音楽的ななまりとされているが、そのなまりを聞いて、デイヴの肌は粟立《あわだ》った。

「バーニーのオフィスは、左の廊下を行ったところですよ。彼はいつも、ちょうど今ごろ出社します。行って、見てきましょうか？」

背の高いほうの男が、ちらりと左を見る。男の目がデイヴの顔から離れたのは、それがはじめてだった。「いや、結構。ここで会う約束になってますので」

デイヴは、てのひらが汗ばむのを感じた。センテレックス社の受付エリアのドアは、八時半まで錠が下りている。鍵がなくては、誰も入ってこられないはずだ。「コーヒーか何か、お持ちしましょうか、ええと……ああ、まだお名前をうかがってなかったですね」

「ジョン」そこで、間があった。自分の名前を言いたくないらしい。「ランサム。それに、連れのマーク・カールーチです。われわれは……会計士でして。ここには……会計検査の件で、レヴィー氏に報告にあがったんです」

〈なるほど。クーパーズ・ライブランド社は近ごろ、顧客の帳簿管理のために、引退したNFLのラインバッカーを雇ってるわけか。こいつは驚いた〉

「はじめまして」デイヴは、どちらの男も手を差し出さないことに気づいた。「で、コーヒーはいかがです？　お持ちしますよ。このフロアでは、みんな自分専用のコーヒーメーカーを持ってましてね。普通の会社じゃ、給湯室か何かで……」

〈黙れ、黙れ、黙れ。ぺらぺらしゃべるんじゃない。ぼろが出るぞ〉

「……とにかく、ぼくのはできてますから。よかったら……」

「いえ、結構です、アシーさん」

〈これで二度めだ。抜け目のないやつめ〉

「アシュビーです」

「失礼。名前を覚えるのが大の苦手でして」

デイヴの脳裏を、思考が駆け巡った。このふたりは、数分前にバーニーがやったこと——あるいは、やろうとしたこと——に関係しているにちがいない。そうでなければ、こんな時間に役員用受付にいる理由がなかった。だが、どのように関係しているのだろう、それに、何者なのだろう？　それぞれの上着に輪郭を浮かばせるホルスターからすると……なんだ？　警官か？　マフィア？　ＫＧＢ？　どこの悪党と、バーニーは関わりを持ってしまったのだろう？

「さて、仕事にかかるとするか。バーニーはもうすぐ来ますよ。申しわけありませんが、ぼくは……」

「ええ、ええ、お構いなく」

受付エリアは、四本の廊下の交差部に位置していた。デイヴのオフィスは、ほかの幹部役員たちのオフィスと同様、フロアの南側にある。バーニーの会長室は建物の反対側、北東の角を占め、最高の眺望を得ていた。財務、法律、人事などを担当する重役たちのオフィスは、東側だ。西へ延びる短い廊下を通って、両開きのガラスのドアを抜けると、エレベーター・ホールがある。

デイヴは西へ向きかけた。

けには……〉

〈ちがう、あほんだら、ちがうって！　コーヒーメーカーはこのフロアにあると言ったじゃないか。自分は副社長だと言ったじゃないか。エレベーター・ホールに行くわけには……〉

あわてて動きを止めた。男たちが彼を見ている。ふたりの表情は変化していた。

デイヴはとりあえず笑みを浮かべようとした。うまくいかない。「ひょっとして、エレベーターのそばで、《ウォール・ストリート・ジャーナル》の束を見かけませんでしたか？　たいてい、ガラス・ドアのすぐ外に置かれてるんです」説得力に欠けるが、試す価値はある。

ランサムと名乗った男が、ゆっくりと首を横に振った。

デイヴはうなずき、東を向いた。受付エリアを、廊下へ歩く。背中の真ん中の小さな部分が、熱くうずいた。その感覚を覚えるのは二十五年ぶり、未占領地を偵察したとき以来のことだった。〈ベトコンがいるぞ。銃を持ってる。おい、ちょっと、銃を構えたぞ。狙いを定めた。指に力が入った。おい、ベトコンが微笑もうとしてる……〉

デイヴの体の神経の一本一本に、火がついた。額から汗が噴き出し、頬を伝い落ちる。込み上げてくる反吐《へど》で、喉がひりひりした。

廊下に来た。〈だいじょうぶ。あと十秒で、連中から見えなくなる〉デイヴは、叫び声をあげて走りたかった。膝が震えるのがわかった。心臓の鼓動が、耳をつんざきそうだ。〈落ち着け。きっとうまくいくさ、昔と同じように……〉

廊下の七メートルほど先に、小さく引っ込んだ場所があった。コピー機の設置場所として造られたのだが、その役割を果たしたことは一度もない。デイヴがそこを通りかけたとき、ランサムの音楽的なまりのある声が、背後から聞こえた。「ああ、エリオットさん、もうひとつだけ」

「はい？」

〈あっ、ばか！〉

4

デイヴは凹所へ身を投げた。壁に、肩が強くぶつかる。ぎざぎざした穴が四つ、漆喰《しっくい》にあいた。白っぽいかけらが、空中に飛び散る。埃で、目がちくちくした。床に伏せ、ポケットからバーニーの拳銃を取り出す。さらにふたつ、穴があいた。デイヴに聞こえたのは、弾丸がシートロックを砕く音だけだった。ランサムとカールーチは、消音装置を使っている。

背後の壁を足場にするため、デイヴは脚を後ろに折り曲げた。小型自動拳銃の遊底を引き、放すと同時に、廊下へ飛び出す。

ランサムより一歩先んじて、両手で銃を構えたカールーチが、廊下に入ったところだった。銃口は高い位置に、デイヴの体よりずっと上に向けられている。デイヴは二度引金を引き、さらに二度引いた。カールーチが立ち止まる。そのシャツのポケットに、赤い、血の花が咲いた。口をだらんとあけ、カールーチがつぶやく。「聖母マリアよ……」デイヴは、凹所へ転がり戻った。

まだ受付エリアにいたランサムが、ろくに狙いも定めずに銃を発射し、それから、左へ身をかわして、見えなくなった。

デイヴは、手に持った小さくぴかぴかした拳銃を、好奇の目で見た。〈やれやれ〉守護天使が話しかけてくる。〈自転車に乗るのと同じだな。一度やりかたを覚えたら、けっして忘れないい〉

ランサムの低いけれど聞き取れる声が、受付エリアから伝わってきた。「ウズラ、こちらコマドリ。ツグミがやられた。敵の銃撃にあった。くり返す。敵の銃撃にあった」

〈なんとまあ、やつは無線機を持ってるし、仲間がいる〉

ランサムが黙り、デイヴには聞こえない返事に耳を傾ける。

「武装チームについては、賛成だ、ウズラ。医療班は、不要。もう手遅れだ。建物の封鎖も、不要。これは、秘密行動ということになってる。その方針を貫こう」ふたたび沈黙をはさんで、「メモをとってくれ。身長百八十五センチ、体重八十キロ、中肉で、非常に均整のとれた体つき。髪は薄茶色で、左に分け目があり、高級なカットが施されてる。ひげは、なし。目は、茶色。眼鏡なし。目立つ特徴なし。おっと、今の部分、取り消し。左手のガーゼの包帯を除いて、目立つ特徴なし。カーキ色の薄手のスーツ。上着のボタンはふたつ、ベストなし。ワイシャツ、青い文様の入った黄色いネクタイ。オニキスをはめ込んだ、ゴールドのカフスボタン……」しばしの間。「オニキスってのは、光沢のある黒い石だ、ウズラ。まったく、おまえさんたちにはあきれるぜ。先を続ける。黒いローファー。くるぶし飾りやふさの付いてない、シンプルなやつだ。左手首に、ゴールドの腕時計。左手薬指に、結婚指輪。それに、もうひとつ、〝銃を携帯、危険〟と付け加えてくれ」

またしばらく声がとぎれたあと、ランサムの返事が聞こえた。「今か？　今、やつは、ナイフを持ったニガーみたいに、いい気になってる。自分が主導権を握ったと思ってるよ。実際はちがうがな」最後にもう一度、間をおいてから、「だいじょうぶ。待ってるよ。どちらも、どこへも行かない。了解、確かに四十五階で。コマドリ、通信終わり」

ランサムの声は冷静で、感情のかけらも含まれていなかった。彼の山岳地帯なまりを聞いて、デイヴのうなじの毛が逆立った。心臓の鼓動が前よりも速くなり、呼吸が浅くなる。あの声、あのアパラチアなまりの声……マイケル・マリンズ曹長の声にそっくりじゃないか……とっくの昔に死んだ軍曹の……。

〈今は、思い出にふけるようなときじゃないぞ、相棒。今は、考えるときだ。すばやく考え、そして……〉

「……抜け目なくだ、諸君」サバイバル訓練担当の教官は、ほっそりした熱血漢の大佐で、作業服があつらえたようにぴったりしている。その動作や物腰から、大佐の話題が実体験に基づくものであることを、聞き手たちは感じ取る。大佐は、抽象的な理論について話しているのではない。彼の講義の内容は、みずから困難を切り抜けて得たものなのだ。

「諸君、攻撃を受けてうろたえる人間を、われわれがなんと呼ぶか知りたいかね？

ならば、教えよう。諸君、攻撃を受けてうろたえる人間は、専門用語で〝的〟と呼ばれるのだ。そういった兵士は、最初のイニングが終わる前に敵方のスコアボードに点を入れてやるような兵士だ。よって、諸君は、銃弾が自分に向かってくる音を聞いても、うろたえてはならない。すくんではならない。いささかも不安や動揺を覚えてはならない。そのかわりに、考えるのだ。考えることが、ただひとつの脱出路だ。論理と理性のみが、諸君を守る。で、論理と理性は何を告げてくれるかね、諸君？　論理と理性は、こう告げてくれる。誰かに発砲されたら、唯一の合理的反応は、冷静かつ迅速に、敵がふたたび発砲できないようにすることだ、と。この行動方針に取ってかわる妥当な選択肢は存在しない」

デイヴは、四十五階の見取り図を頭に描いた。デイヴが身動きをとれずにいる廊下は、六つほどの窓のないオフィス――役員の補佐役や助手たちの小部屋――沿いに、東へ延びている。小部屋のドアどうしの間隔は、三、四メートル。廊下をずっと行くと、もう一本の廊下とぶつかる。建物をぐるっと回る廊下だ。その廊下に沿って、役員たちの棲家がある。

もうひとつ、忘れてならないのは、非常口だ。階段室へ通じる重い金属ドアの非常口が、三つある。そのうちのひとつは……この廊下の……どこだ？　七、八メートル先だろう。もしランサムが、デイヴの推測どおりに腕利きならば、デイヴはそこへたどり着くずっと手前で死ぬ。

〈だけど、いずれにしろ、おまえは死ぬんじゃないのか？　今さっき、ランサムは、武装チームがどうのと言ってたろ。やつらはたぶんロビーにいて、エレベーターですぐにやってくる。手ごわいやつらだぞ、相棒。おまえが息をしていられるのも、あと三分か四分だな〉

デイヴは、内なる声のあざけりに顔をしかめた。ランサムだ、と頭にひらめく。唯一の脱出路は、ランサムを通り抜けていく道だ。てのひらを丸めて口にあて、デイヴは呼びかけた。「おい、ランサム」

「なんだい、エリオットさん？　何かお困りかな？」ランサムの口調は平板で、特徴がなかった。強いて言うなら、くつろいだ感じに聞こえる。

「きみの友だちのカールーチについては、気の毒に思っている」

「気にしなくていい。この男のことは、ほとんど知らないんだ」

「よかった。それに、落ち度はきみのほうにあるということは、わかっているだろうな」

「ほう、なぜだい？」まったく興味のなさそうな声。

「きみがリーダーだからさ。それに、わたしがバーニーをかわしたのなら、バーニーの銃を持っているにちがいないと考えるべきだった」

短い間かあってから、ランサムが答えた。「もっともだ」なおも、まったく感情のこもらない声。

〈ふむ、この作戦はうまくいきそうにないな。やつを怒らせるのは無理だ。ところで、武装チームはもうエレベーターに乗ってるはずだぞ〉

（考えるのだ、諸君。迅速に、かつ抜け目なくだ）

デイヴは凹所を見回した。奥行きは一メートルそこそこで、役員室と同じ、ベージュ色の丈夫な壁紙を貼った壁に囲まれている。その壁の六か所に、ぎざぎざの穴があき、奥の空間が見える。火災報知機と書かれた小さな赤い箱を除いて、ほかには何もなかった。

包帯をした左手を上にのばして、火災報知機のふたをぐいとあけ、レバーを下ろした。廊下に、耳ざわりなサイレンが鳴り響く。それは、電動丸のこで鉄板を切るような音で、デイヴの詰め物をした歯をうずかせた。

ランサムが、甲高い音に負けないような大声をあげる。「うまくないな、エリオットさん。まちがいだと連絡すれば、すむことだ」

デイヴは叫び返した。「よく考えてみるんだ、ランサム」

「何を考えろと……あっ！　さすがだな、エリオットさん。エレベーターを止めたってわけか。警報機が鳴ると、エレベーターは自動的に一階へ戻る仕組みになってる。おみごと、恐れ入ったよ」

「ありがとう」

「おめでとう。これであんたは、こっちが思ってもみなかった時間を稼いだな。だが、俺の仲間たちは階段を使うぞ」

ランサムが黙ってしまいそうだった。だめだ……黙らせたら、だめだ。デイヴは、警報機の音に掻き消されそうなランサムの声を、聞き取ることができた。無線機に向かって、状況を説明しているらしい。

〈うーん、うまくないな。やつに仲間と話をさせてはまずい。おまえさんと話をしてもらわなくちゃ〉

「ランサム！」

「なんだ、エリオットさん？」ランサムが返事をすると同時に、警報機が鳴りやんだ。急に音が消えて、デイヴは飛び上がった。

(うろたえてはならない。すくんではならない)

「ランサムというのは、きみの本名かい?」

「いや」

「じゃあ、ジョンは?」

「いや」

「わたしに本名を教える気はないか?」

「いや」

「きみをこのままランサムと呼んでいいか? それとも、ジョンと呼ばれたいか?」

ランサムはしばらく考えて、「ランサムでいい」

「わかった。じゃあ、ランサムだ。ランサムさん、お聞きしたいことがあるんですがね」

「どうぞ」

「きみがここにいる理由を教えてくれ。つまり、いったいぜんたい、これは何事なんだ?」

「悪いが、話せない。俺に言えるのは、これが個人的な事柄じゃないってことだけだ。それをありがたく思ってほしいね」

（考えるのだ。考えることが、ただひとつの脱出路だ）

デイヴは、声に皮肉を少々まぶした。「ほんとにありがたいよ。じゃあ、どうして話せないんだ？　わたしが知る必要はないということか？」

「そんなところだ」

〈やつは餌のにおいをかいでる。ここらで、泣きを入れてみようぜ〉

「なるほどね。わたしには、どんな選択肢があるんだい？　取引か何か、できないのか？」

「残念ながら、だめだ、エリオットさん。これを終わらせる方法は、ひとつしかない。せいぜい俺にできるのは、簡単にすますことだ。軍隊での経験を思い出せば、俺の言ってることはわかるだろう」

デイヴは唇を噛んだ。わたしの軍歴について、この男はどんなことを知っているのだ？　こちらから尋ねるわけにはいかないし……。

ランサムの声に熱がこもる。それは、見過ごしてしまいそうなわずかな変化だった。

「きのうの晩、あんたの古い二〇一号ファイルを読んだ」

〈きのうの晩だって？　いったい、どうなって……？〉

ランサムが続ける。「俺たちが、つまり、あんたと俺が、同じ学校の同じクラスを出たってことが、それを読んでわかったよ。ホーおじさんの、エリートのための花嫁学校のな。あんたは、予備役将校訓練部隊出身。俺は、三カ月速成コース出身。出身のちがいは、重要じゃない。重要なのは、俺のほうが入隊は先だが、俺たちは同じ部隊に所属し、同じ場所へ行き、同じ地獄を味わったってことさ。部隊長まで同じ……」

「マンバ・ジャック」思わず、デイヴは言った。こいつはまずい、非常にまずい。

「そう、クロイター大佐だ。俺も、ちょうどあんたと同じく、大佐のチームにいた。ジャックは、一種類の男しか採用しなかった。俺のような男、あんたのような男、そんな男だけしかね」

デイヴは無理に笑い声をあげた。「ランサム、きみは、わたしがある種の悪党だと言いたいのか?」

「わかってるだろ、相棒。そうでなきゃ、緑色の帽子をかぶらせてもらえない。あんたは、かぶってた。俺も、かぶってた。俺たちは、俺たちなんだよ」

デイヴは耳をふさいでしまいたかった。「たぶんな。だが、わたしはもう長いこと、別の人間になっているんだ」

「そうかな。ひとたび仲間に加わったら、永遠にお仲間さ」ランサムの山岳地帯なまりの声は、今や朗々と響き、しかも、兵士の誇りが加わっている。「共産主義者やカトリック教徒だってことと同じだよ。やめることはできない。ほんとうにはね。考えてみろよ、いまだに変わらない身のこなしを。あんたは今でもプロなんだ。もし信じられないなら、カールーチに聞いてみるんだな」

「運がよかったんだ」

「俺は、そうは思わない」

（論理と理性のみが、諸君を守る）

デイヴは声を高くし、わざといらだちをまぜて、早口にしゃべった。「そんなことはいいから、要点を言ってくれ」

「いたって単純さ。あんたは、名誉ある外地勤務に就いていた。少なくとも、最後の手前までは……」

デイヴはぴしゃりと言った。「その最後が、唯一名誉ある部分だったと言う者もいるだろう」

「ああ」ランサムが間延びしたしゃべりかたで言う。「だが、その連中がどんな人間か、わかってるはずだ。とにかく、俺が言いたいのは、あんたが特別な軍服を着て、外地勤務に就き、えり抜きのチームに属してたってことさ」

「だから?」

「だから、あんたには何かが与えられていいと思う」

デイヴはさらに声を高くした。「何か?」悲鳴に近い声。

「特典だ。ひとつだけ。まず、そのかわいい豆鉄砲をこっちへ放れ。それから、廊下に出て、姿勢をとる。姿勢は、覚えてるよな? 膝をついて、尻の下に手を置くんだ。頭を下げたら、あとは俺に任せろ。小細工も、悪あがきもなし。これが、俺の提供できる最良の取引だよ、エリオットさん。きれいで、速くて、痛みがない。これを受けられないとなると——まあ、残念だが、きょうはおたがいにとってさんざんな朝になるな」

「あんまりだ!」デイヴは、その言葉が恐怖の叫びに聞こえるように言った。ほとんど——完全に、ではなく——ヒステリックな響きを持つことを願った。「それが、きみの最良の申し出なのか? あんまりだ!」

「よく考えてみろ。もっと悪くもなるんだぜ」

(で、論理と理性は何を告げてくれるかね、諸君?)

デイヴは上着を脱ぎ捨て、五十まで数えた。「うーん……」うめき声をあげる。

「さあ、エリオットさん、聞き分けてくれ。簡単にすまそうじゃないか」

「きみは……つまり、わたしたちは……ああ、こんなことは話し合えない。問題がなんなのか、教えてくれさえすれば……」

〈やりすぎるなよ。やつに疑われるぞ〉

「教えたいのは山々だが、できないんだ。なあ、エリオットさん、あんたと俺が同じ仕事をしてたころ、どんな流儀だったか覚えてるか？　ま、言いたくはないが、今もそれと同じだよ。だから、なあ、エリオットさん、俺たちはおたがい、こういうことがどう進むかわかってるはずだ。ほかに道がないことをわかってるのと同じようにな。事実を直視するんだ。時間を引き延ばせば引き延ばすほど、事態は悪くなる。お願いだ、エリオットさん、頼む――簡単にすませたほうがいいだろ？」優しく、思いやりに満ち、人を励ますような声。

〈唯一の合理的反応は、敵がふたたび発砲できないようにすることだ〉

「うーん……そうだな……あー……だけど……あー……」デイヴは器用に腕を曲げ、丸めた上着を廊下へ放った。弾丸の静かなあられが、まだ空中にある上着をずたずたにした。

デイヴは、ランサムが発砲した回数を心のなかで数えながら、にやっと笑った。内なる声、守護天使が、ダフィー・ダックの声であざける。〈もぢろん、これが宣戦布

告だってことは、わかってるよな……〉

5

戦争は、きらいではなかった。二十五年前は、ほんの少しもきらっていなかった。きらう男たちもいた。しかし、デイヴ・エリオットはちがった。むしろ好いていた。少なくとも、戦争が自分をどう変えつつあるかに気づくまでは……。

ことに、敵が優秀なときは、戦争を楽しんだ。敵が優秀であればあるほど、デイヴ・エリオットは幸せだった。鍛え抜かれた、頭のいいプロが相手だとわかると……なぜか……もう……

……小躍りせんばかりにうれしくなった。

「ランサム、今のは、とんでもなく非友好的な行為だと思うぞ」

「あんたの意見はもっともだよ、エリオットさん。だけど、俺の立場から考えてみてくれないか。俺はただ、ここで務めを果たそうとしてるだけだ」

さあ。ランサム、やるんだ。頼む、ランサム、お願いだ。やらなければならないということは、わかっているはずだ。

デイヴの心臓は高鳴っていた。わざと長く、深い呼吸をして、酸素を過剰に取り入れ、アドレナリンの分泌を高く維持し、これから行なうことのために自分を奮い立たせる。興奮しろ、興奮しろ、興奮しろ！　マンバ・ジャックは、鉛玉が飛び始める直前になると、いつもそう言っていた。興奮しろ！

〈そうだ！〉

「わたしたちは戦友だと思っていたよ」

「そのことについては、俺の誠意を信じてもらいたいな、エリオットさん」

〈耳を澄ませ。用意しろ〉デイヴの脚の筋肉が、ぴりぴりする。顔が、期待でまっ赤になった。親指と人差し指を、何度も何度もこすり合わせた。

「きみの言葉はもう、ひと言たりとも信じるわけにはいかない」

「しかたないな」

かすかな、かすかな音だった。小さくカチッと鳴っただけ。それが、拳銃の床尾《しょうび》から弾倉が抜かれた音であることを、デイヴは祈った。

〈そうだよ、きっと。でなかったら、おまえさんは死ぬことになる〉

火災警報機のレバーをぐいと下ろし、その力で立ち上がった。サイレンが鳴って、廊下が不快な悲鳴で満ちる。デイヴは凹所から飛び出て、脚を伸ばし、腕を振りながら、できるだけ速く、懸命に走った。いつもの朝と同じように、しかし、もっと速く走る。もし神がデイヴィッド・エリオットに微笑んでくれれば、束の間、空の拳銃を手に屈んでいるジョン・ランサムと名乗る男のもとへ行き着くだろう。

神は、確かに微笑んでくれた。受付エリアの床に、ランサムは腹這いになって、模範的な射撃手らしく脚を伸ばし、頭と肩を廊下のほうへ向けていた。顎の下に、空の挿弾子《そうだんし》が置いてある。弾の入れ替えのため、体を横にねじったバランスの悪い姿勢だった。突進してくるデイヴを見て、ランサムの顔を怒りがよぎる。一杯食わされたと気づいたのだ。

〈やあ、ありがとよ、ランサムさん。その姿勢で寝そべっててくれるとは、なんと心優しいおかただ。射撃訓練なら申し分のない姿勢だけど、動きやすさの点では、ちと問題ありだもんな〉

ランサムが防御のために両腕を上げ、身をくねらせて後退する。デイヴは一メートルちょっとの距離まで迫っていた。ランサムが屈んだ姿勢になり、立ち上がろうとする。

接近した戦いになる。あまりにも接近した戦いに。バーニーの銃を使わなければならないだろうが、デイヴは、どうしても必要でないかぎり使いたくなかった。だが、どうしても必要な場合は……。

肉薄戦でけっして、絶対に行なってはならない技は、敵を蹴ることだ、とフォートブラッグの教官たちはデイヴに教え込んだ。空手や柔道やカンフーについて、見たり聞いたり読んだりしたことは全部忘れろ。バットマンや、テレビでグリーン・ホーネットを演じるブルース・リーのことは忘れろ。あれはハリウッドの出来事で、現実ではない。現実には、こちらの片足が宙に上がっているときに、敵にできる技が二十種類もあり、そのうちの十九は致命的だ。絶対に蹴るな！　練兵係軍曹は、口を酸っぱくして言った。絶対に蹴るな！

デイヴは、ランサムの顔を蹴った。

〈同じ学校の同級生？　確か、そう言ったよな、ランサムさん？　もしそうなら、この動きは予想してなかっただろ？〉

デイヴの踵《かかと》に左頬の下を直撃されて、ランサムの頭がのけぞり、体が横転して仰向けになる。デイヴは右肘を曲げて尖らせ、前にダイブして、ランサムのみぞおちに思い切り肘を振り下ろした。ランサムの顔がまっ青になる。デイヴは肘を引っ込め、手刀を作って、ランサムの顎の先端に猛烈な一撃を見舞おうとした。

その一撃が加えられることはなかった。ランサムの顔は締まりがなくなり、目が閉じられていた。

デイヴは右腕をランサムの首に渡し、窒息させるぐらいの力で押した。ランサムは動かない。ランサムの右のまぶたをひんむいてみた。白目だけが見えた。目玉を回転させられる人間は、大勢いる。訓練を積んだ人間なら、失神したように見せかける迫真の演技が可能だ。白目を指ではじいてみる。ぴくりとも動かなかった。ここまで演技できる人間はいない。ランサムは完全に意識を失っている。

デイヴィッド・エリオットは、何よりも煙草を吸いたかった。


財布の中身からすると、ジョン・マイケル・ランサムは、特殊コンサルティング事業団という組織の副会長だった。死んだマーク・カールーチは、同じ事業団の上級幹部。どちらの男の名刺にも住所はなく、電話番号だけが記されていた。市外局番は、七〇三――ヴァージニア州だ。どちらの運転免許証にも、やはり自宅の住所がなく、私書箱番号だけだった。しかも、ランサムもカールーチも、同じ私書箱番号……。

〈ほう、ちょっとした偶然の一致を見つけたな〉デイヴの内なる声に、少なくとも一瞬、少し澄ましたような響きがこもる。

「スズメ、こちらウズラ。応答せよ」カールーチの無線機から、声がした。製造業者の証印もなければ、業者の正体を示すものもない小型の黒い機械。カールーチはその無線機をベルトに留めていた。今、それは、デイヴのベルトに留められている。

「はい、こちらスズメ。ここの階段の長さときたら、はんぱじゃないっす」と、べつの声。

「現在位置と到着予定時刻を伝えろ」

「南の階段室の三十四階。隊員たちに休息が必要。三分ください、ウズラ」

「三分余計にかかるが、それでいいか、コマドリ?」

ランサムののんびりしたアパラチアなまりをまねて、デイヴは答えた。「いいだろう」

「了解。休憩しろ、スズメ。ウズラ、通信終了」

〈ふぅ〉

デイヴは、ランサムからあとずさった。意識がなく、ベルトで縛ってあるとはいえ、ランサムから目を離したくなかった。それに、マーク・カールーチの手から奪った非常に奇妙な形の拳銃からも。

〈そのハジキのこと、少し考えたほうがいいぞ〉

あとでだ。今じゃない。

受付係の机の受話器を取り上げ、外線へつなぐために9を押して、ランサムの名刺に記載された電話番号をダイヤルした。回線がつながるまでに間がある。相手方の電話が一回鳴って、機械的な声が応答した。「暗証番号を入力してください」

「もしもし、ランサムさんの秘書をお願いします」

「暗証番号を入力してください」コンピューター制御の交換台らしい。デイヴは、適当な数字をいくつか押してみた。「接続できません」カチッ。

肩をすくめた。答えが知りたいのなら、ほかの方法で知るしかない。それまでは……。

ランサムが横たわる場所へ戻った。まだ気を失っている。たとえ意識を回復しても、この男が何かしゃべるとは思えなかった。ランサムは簡単に白状するような男ではない。南ベトナム援助司令部特殊部隊式の尋問をもってしても、吐かせるまでには何時間もかかるだろう。

デイヴは、ランサムの財布をその胸に落とそうとした。途中で手を止めて、顔をしかめ、財布を開く。なかの札を抜き出した。八十三ドル。こんなことをするのは、ほんとうに気が進まないのだが……

〈おい、さっさとやれよ。殺人に窃盗が加わったからって、二度も縛り首にされるわけじゃない〉

もしデイヴが、状況の示すとおり、面倒な事態に巻き込まれているのなら――荒くれた殺し屋チームに追われることを、面倒な事態と言わずになんと言おう？――、現金が必要になるだろう。自分のクレジットカードを使うのは、自殺行為だ。アメリカでは、カード処理はすべて電算化されている。店で品物を買うと、店員が客のカードをヴェリフォンの小さな灰色の端末機に通して、遠くのコンピューターへ購入情報を送る。ヴェリフォンのコンピューターは、どこの店の処理かということも、自動的に記録する。何者かがその客の居所――正確な現在地――を知りたければ、いくつかのコンピューターに侵入するだけでいい。また、デイヴが愚かにも現金自動支払機を使ったりすれば、事はもっと簡単になる。

ランサムの札を二度折り畳み、ズボンにしまった。それから、カールーチの財布からも失敬する。六十七ドル。バーニー・レヴィーのポケットも探るべきだったが、もう遅かった。ランサムの武装チームのために、ちょっとしたお楽しみを自分のオフィスに仕掛けてしまったのだ。ふたたびあの部屋に入るのは、いい考えではない。

デイヴはかわりに西の非常口へ向かい、階段室へ入った。運がよければ、ほんの三フロア離れたところに、助っ人を見つけることができるだろう。

6

非常階段――どの高層ビルにも、それはある。たいていはコンクリート製だが、なかには金属製のものもある。建築基準法がすべてを決めるのだ。デイヴのビルの非常階段は、コンクリート製だった。

階段室を見て、デイヴは刑務所映画――一九三九年ごろの、ジェームズ・キャグニーとジョージ・ラフトが出たやつ――を思い出した。壁は、どこにでもあるような、特徴のない灰色。寒々とした単調さを破るのは、絶縁パイプと、五階ごとにある赤いペンキの塗られた消火ホース保管庫だけだ。

階段そのものは、人間が三人並んで歩けるぐらいの幅があり、ビルのてっぺんから一階まで、セメントのらせんが幾何学的に申し分なくくねっていた。二メートル×三・五メートルの踊り場がフロアごとにあって、それぞれのフロアの中間にも踊り場がある。五十階建てだから、踊り場の数はおよそ百、そして、各踊り場を十二段の階段がつないでいた。各階の数字が記された金属板を除けば、目じるしは何もない。

踊り場ごとに、階段は百八十度向きを変えている。十二段のぼって、方向転換。十二段のぼって、方向転換。あまり遠く走ると、目が回るかもしれない。

〈目が回る……もし、おまえさんが高所恐怖症だったら、手すり越しに階段吹き抜けを見たくはないだろうな〉

デイヴは唇を噛んだ。らせん階段のあいだのすきまは、人ひとりには十分な幅がある。もし、簡単にすべてを終わらせたいのなら、非常口を抜け、踊り場を横切り、冷たい鉄の手すりをまたぎさえすれば……。

〈おい、いつもの明るさはどうした?〉

ビル最上部の五フロアには、ハウ&ハメル法律事務所が入っていた。シニアパートナーでありデイヴの弁護士でもあるハリー・ハリウェルは、四十八階のだだっ広い角部屋をオフィスとして使っている。デイヴと同様、ハリーも早起きで、熱心なジョギング愛好者だ。ふたりはよく、五〇丁目とパーク街の角のこのビルに、同時に到着した。ハリーは、マリーヒルのテラスハウスから北上してくるし、デイヴは、反対方向から走ってくるのだ。

デイヴはハリーのことを、自分の弁護士であるだけでなく、友人だとも思っていた。

五年前、デイヴとヘレンが結婚したとき、ハリーは新郎付添人を、彼の妻のスーザンは花嫁介添役を務めてくれた。月に少なくとも一回、ときにはもっと多く、ふた組の夫婦はともにニューヨークのナイトライフを楽しむ。いっしょにハワイで休暇を過ごしたこともあった。もっとも、ハリーはほとんどの時間、浜辺で携帯電話を耳に当てていたのだが。

もし、今、デイヴを助けられる人間がいるとすれば、それはハリーだった。明敏で論理的で、当たりのいい穏やかな話しかたをするハリー・ハリウェルは、弁護士のなかの弁護士だ。そのうえ、政治家にも企業のトップにも〝公平な仲裁者〟と評されるぐらいの、世にもめずらしいきわめて誠実な男でもある。組合と経営側の、実業界と政府の、そして、ときには国家間の紛争を調停するために、ハリーが呼び出された。意見の相違がいかに大きくても、双方が公平だと感じるような妥協案を必ず生み出す男なのだ。

ハリーは誰もを知っているようだったし、誰もがハリーを知っているようだった。彼の依頼人は、フォーブス誌の資産額トップ四〇〇に入るような重役から、マフィアのドンに至るまで、広範囲にわたっている。ハリー・ハリウェルに処理できない問題はひとつもない。

〈突然、命を狙われるはめになった依頼人への助言も、業務内容のうちに入ってるといいけどな〉

一度に二、三段ずつまたぎながら、デイヴは階段を駆けのぼった。今までずっと走ってきたのと同じように走り、完璧な走りかたで走る。四十八階に着いたとき、息がはずんでさえいなかった。

非常口を押した。びくともしない。

把手を回してみる。ロックされていた。

〈そうだよ、相棒、非常口は一方通行なんだ。内側からはあくけれど、外側からは入れない。不法侵入をたくらむ危険なやからが、この街にはわんさといるからな〉

どうってことはない。アメリカン・エキスプレス社のプラチナカードで今回の窮地を脱するための買い物をすることはできないが、だからと言って、このカードに使い道がないわけではない。デイヴの教官たち――フォートブラッグの特別部隊訓練官たちではなく、もう一方のほうの、自分の苗字を絶対に言わなかった教官たち――は、合法的とは言えない技術を教えてくれ、そのなかに、錠にカードを差し込んであける方法があった。

ラッチがカチッと音を立てた。非常ドアがあく。

しばらくして、デイヴはハリーのオフィスの前にいた。部屋のドアが、少しあいていた。明かりがついていた。電話中のハリーのくぐもった声が聞こえる。

デイヴはドアをノックして、なかへ入った。ハリーはまだランニングウェアのままで、体を伸ばして椅子に座っていた。足は、机として使っている散らかった傷だらけのパーソンズテーブルの上にある。ハリーの後ろの本棚は、ばらばらの書類、綴じられた本、それに、驚くほど雑然と置かれた骨董品類であふれていた。三十余年の弁護士生活で、いつのまにかたまってしまったのだ。

弁護士は顔をあげてデイヴを見ると、片方の眉毛を吊り上げ、それから、受話器に向かって言った。

「ああ。ああ。わかるよ。ほんとうだ。心配するな。議会は歩み寄る。ボブと話をしたんだが、われわれは一致点を見いだせると思う。いや、それはないな。ほんとうだ。うそじゃない。さて、じゃあ、別の予定が入っとるんで、失礼させてもらうよ。もちろんだ。おっと、そうだ、チェルシーの誕生日祝いに出席できなくてすまなかった。贈り物は届いたと思うが。よかった。そうだとも。何も考えるんじゃない。ああ、じゃあ」

ハリーが受話器を受け台に戻し、ため息をつく。「あー、まったくな」しかめ面をし、それから、笑みを浮かべた顔で見上げた。「またこの時期が来た。歳出の審理さ。もう二百年もやっとるんだから、行政も立法も折り合いのつけかたを学んでおってもいいのに」ティファニーの銀のピッチャーを身ぶりで示して、「コーヒーは、デイヴィッド?」

「ありがとう。いただくよ」

「座ってくれ。そして、なんだってこんな罰当たりな時間にわたしのところへ来たのか、話してみないか?」ハリーはコーヒー・ピッチャーを持ち上げた。それに視線を注ぎ、渋い顔をする。

デイヴは椅子を引き寄せた。言うべきことをちゃんとまとめて話そうとする。できなかった。かわりに、前置きなしに言う。「ハリー、ばかげた話だが、今、バーニーに殺されそうになったんだ」

ハリーの片方の眉が、ふたたびぴくんと上がった。コーヒー・ピッチャーのふたを取り、なかを覗く。「もちろん、冗談を言っとるんだよな?」

「冗談なんかじゃない。それに、バーニーだけじゃないんだ。ほかにもふたりいた——ガンマンがね、ハリー」

ハリーがコーヒー・ピッチャーを振り、顔をしかめた。「ふむ。三十分もたたないうちに、これを空にしてしまったようだ。こんなにコーヒーを飲んだら、心臓によくない。ガンマンだと？　すると、あんまり優秀なやつらじゃなかったんだな。きみがぴんぴんし……」言葉を切り、ピッチャーを持ったまま、デイヴの顔をじっと見る。

デイヴはうなずいた。「冗談じゃないんだ、ハリー。四十五階で、人がひとり死んでいる。もしかすると、ふたりかもしれない。困ったことになった」

ハリーは机から足を下ろした。立ち上がって、ささやく。「マジなんだな？」

デイヴは再度うなずいた。

「どうやって、その、きみは……」

「運がよかったんだ、ハリー。かつての経験と運のおかげだよ。それに、今のような体型じゃなかったら、死んでいたと思う」

ハリーの眉が最高の高度に達し、そこに数秒浮かんでから、落下してしかめ面を作った。

「あー……なるほど。これは、これは、これは……」

「助けが必要なんだ」

熟練したプロの微笑み、依頼人たちの気分をよくする微笑みを、ハリーが浮かべる。

「そいつは、まかせておけ。だが、まずは、コーヒーを飲んだほうがいい。わたしもだ」机を離れ、前へ歩き出した。「この……ああ……問題がどんなものであろうとだな、デイヴ、どちらの体にもよくないほどたっぷりカフェインを消費することになりそうだ。淹《い》れたてのを取ってこよう」

　言いながら、デイヴのわきを通り、ドアへ向かった。次のハリーの行動は、タイミングの取りかたがまちがっていた。そうでなかったら、デイヴは、重たい銀器が描く弧を目の隅でとらえられなかっただろう。

　デイヴは左へ身をかわした。コーヒー・ピッチャーが、デイヴの頭から三センチも離れていないところを通って、椅子の背にたたきつけられる。ハリーの手からピッチャーが落ち、じゅうたんを転がった。

「ハリー！　どうして……？」デイヴは立ち上がった。ハリーがまっ赤な顔をゆがめて、ドアのほうへあとずさりする。

「きみは死ぬんだ、エリオット！　死ぬんだよ！」

　デイヴは口をあけ、愕然《がくぜん》としていた。酸と氷でできた何物かが、胃のなかで溶けていく。

「ハリー……」

ハリーは、しかし、くるりと向きを変えるなり、走り出した。

7

これまでのところ、デイヴは、直感と少なからぬ運によって急場をしのいでいた。今からは、計画を立てて行動する必要がある。

ランサムはプロだし、その部下たちもそうだ。ロビーには、エレベーターと非常階段を見張る人間が配置されているだろう。ランサムは部下たちに、デイヴの姿形と服装を伝えた。朝のこの時間、ロビーに人はいない。建物から脱出しようとしたとたん、デイヴはランサムの部下たちに見つかってしまうはずだ。

電話を探して、助けを呼ぶのも問題外だった。友だちにも、妻にも、兄にも、電話をかけることはできない。警察にさえ、電話できなかった。少なくとも、今は。なぜ――なぜ、なぜ、なぜ――上司が、親友が、それに、知りもしない何人かの人間が、自分を殺そうとするのかを突き止めるまでは。デイヴを殺そうとする連中なら、ほかの人間も殺しかねないのだ。デイヴィッド・エリオットは、愛する人々を危険にさらす気はまったくなかった。

それに、デイヴは自力でやっていくことができる。少なくとも、しばらくは。たぶん、もっと長いあいだ、だいじょうぶだろう。なにしろ、その昔、十分に――十二分に――鍛えられている。どうやら、心が長いこと拒絶してきた教えを、体のほうは忘れていないようだ。

もっとも、そのことに、デイヴはぞっとさせられた。先ほどのバーニーの行為よりも、ぞっとさせられた。あるいは、ハリーの行為よりも。あるいは、ランサムの行為よりも。あるいは、身を縮めている自分のすぐそばを、ほんとうにすぐそばを、弾丸が通過する音よりも。

これほど年月がたっても、皮膚の下には、かつて描いた自分の未来像が、あとわずかで到達するはずだった目標の人物像がまだ生きているらしい。そして、たとえランサムだろうとほかの誰だろうと、誰ひとりとして、その人物像以上にデイヴを戦慄させる人間はいなかった。

身を隠す場所を探さねばならない。身を隠して、考え、計画を立てる場所を。どこでその場所を探せばいいのか、見当はついていた。

今、デイヴは四十階、センテレックス社の労働者階級地区、最も階層の低い社員が棲息するフロアにいた。センテレックス城のこの区画に、高価な美術品は見られない。フロアの大部分には、仕切られた小部屋がごちゃごちゃと並び、経理係や注文記帳係やその他事務員がそこで働く。彼らは、きっかり九時に来て五時に帰る人種だった。だから、この階には、人っ子ひとりいないはずだ。

四十階にはまた、社員食堂があった。フォーマイカの天板のテーブルが置かれた、白い壁の部屋で、自動販売機も並んでいる。デイヴはそこを通り過ぎてから立ち止まり、向きを変えた。食堂にひとつ用事があった。〈いや、いや、ふたつの用事が……〉

盗んだ一ドル札を両替機に差し込む。二十五セント硬貨が四枚、受取口にジャラッと落ちた。そのうち二枚を、コーヒー販売機へ投入する。紙コップが落ちてきた。機械がげっぷをして、湯気の立つ茶色い液体をコップへ吐き出す。デイヴはコップを手に取った。

〈あちっ！　熱湯みたいだ！〉

ひと口飲んでみた。火傷しそうな、ものすごい熱さ、それに……。

〈うへっ！　まずい！　なんて味だ！　除隊してからおまえさんが飲んだコーヒーのなかで、いちばんまずいな。もし俺様がここで働いてたら、環境保護局に訴え出てやる！〉

デイヴはためらいながら、もうひと口飲んだ。〈むだだよ。まずいものはまずいんだ。味覚音痴になっちまうぞ〉

食堂の、調味料や食器類が置かれている場所へ行く〝代用コーヒークリーム〟というラベルの付いた、うさんくさい色の物質を自分のコーヒーに入れてみようかと一瞬考えたが、やめにした。そして、銀食器類のなかから、ステンレスのフォーク二本とテーブルナイフ一本を選んだ。それから、さっさと廊下へ戻る。

〈さて、どこにあるんだ？　確か、すぐそこの……〉

ドアは、薄汚れた白い色に塗られていた。錠がふたつ付いていて、一方はセンテレックス社のオフィスのドアすべてに使われている標準的なものだったが、もう一方は頑丈なデッドボルトだった。文字の盛り上がった灰色の標示板が、ドアの横に掛かっている。《四〇一七号室、電話室》

問題は、デッドボルトだ。デイヴは唇をすぼめ、遠い昔の訓練を思い出しながら、フォークを使って仕事に取りかかった。

第二章　深い池

1

部下が有能であるにもかかわらず、まだ十分に有能ではないと見なし、しかし、そのように変えることはできると信じる幹部役員が、どんな業界のどんな会社にも、最低ひとりはいる。しかも、簡単に、一朝一夕にできると思い込んでいる。必要なのは、ちょっとした訓練、ちょっとした刺激、やる気を与えるようなちょっとした正しい研修プログラムだけだ、と。

ああ、だが、どれが正しい研修プログラムなのだ？　なにしろ、プログラムがたくさんありすぎる。

こういった役員は、〝正しい〟教育が実際に存在すると、心底確信している。それは魔法の薬で、ひとたびそれが見つかれば、平凡な月給泥棒を生産効率の高い模範社員に変身させられるというわけだ。この賢者の石とも言うべき秘薬は、本に隠れているのかもしれないし、ビデオカセットに隠れているのかもしれないし、コンピューター・ソフトに隠れているのかもしれない。何よりも隠れている可能性の高いのは、本部を（当然）カリフォルニア州北部に持つ、奇妙な名前の付いた会社が主催するような、三日間セミナーだ。

とにかく、なんであろうとどこにあろうと、秘薬は存在し、それを見つけられれば、社員を変身させられる。ちょうど、〝シャザム〟という言葉がビリー・ハドソンを変身させるように——雷鳴だ、稲妻だ、見よ、キャプテン・マーヴェルだ！

センテレックス社において、この説のいちばんの信奉者が代表取締役のバーナード・E・レヴィーであることは、デイヴィッド・エリオットにとって不運だった。最新流行のあか抜けた経営理論に対するバーニーの情熱には、ただならぬものがあった。バーニーは宗教的な熱意をもって、そのすべてを枝葉末節に至るまで受け入れた。さらに悪いことには、どこかの新しい生産性向上派教会で生まれ変わったバーニーは、すべての幹部役員が改宗者の列に加わるよう強く主張したのだ。

六年前に四十五階へ来てからというもの、デイヴは、十指に余る、やる気を授けてくれるまじない師や、経営管理の救世主や、行動科学の導師たちの指導を受けた。売り出し中のビジネススクール教授陣による、いつ終わるとも知れない週末のセミナーを受けたこともあれば、同僚の役員たちとエサレン研修所のホットタブにつかったこともあれば、彼らとアスペン研修所のサウナで汗をかいたこともある。〝秘密新兵訓練所〟の卓越性探求プログラムで、紫色の顔をしてぜいぜい息を切らしているバーニーと並んでジョギングをしたし、翌年には、野外訓練組織アウトワードバウンドの〝仲間作り冒険〟で、バーニーを山麓へ下ろすのを手伝うはめになった。山上で、このボスが足首をねんざしたのだ。また、あるときは、バーニーが管理職全員をアリゾナ大学の窓のない部屋に閉じ込めて、一日中、頭にひらめくアイデアをパソコンに打ち込ませた。〝ウルヴァリン経営者セミナー〟というのもあった。デイヴに言わせれば、会議室にただ座って、センテレックス社の競争相手の心臓を刺身にして食ってやる、とうなっているだけのプログラムだった。

ほんの二、三か月前、バーニーは、自称〝組織精神分析医〟による指導を取り入れた。その男は、バーニーの大好きな祈禱師たちの多くと同様、カリフォルニアに本拠を置いており、ニューヨークへやってきて、センテレックス社の幹部たちに、パターン認識テストと一問一答式セッションの長ったらしい苦行を受けさせた。

デイヴは、そのセッションをひとつだけ覚えている。そのときに、自分に関して——自分以外の何かに関して、と言うべきかもしれない——あることを学んだのだった。

精神分析医は、デイヴに、自由形式の好きなもの連想質問を次々にぶつけた。

「好きな色は?」

「グリーン」

「特定の色合いはありますか?」

「エメラルド・グリーン」

〈グリーンのガラス瓶みたいなグリーンさ〉

「好きな車は?」

「乗っている車? メルセデスだ」

「いえ、何を運転したいと思いますか?」

「ポルシェ」

「エメラルド・グリーンのポルシェ?」

「いや。黄色だな」

「黄色は性的な色です。ご存じでしたか?」

「いや、だけど、驚きはしないよ」

「動物に生まれ変わるとしたら、どんな動物になりたいですか？」

「ラッコ」

「なぜ？」

「海に漂っているだけでいいだろ？」

「どんな動物に生まれ変わると思いますか？」

デイヴは答えなかった。

「さあ、エリオットさん。あなたの運命——言ってみれば、業《ごう》です——からすると、どの動物に生まれ変わります？」

デイヴは首を横に振った。

「わからないな。走ることが好きなんだ。たぶん、鹿か何かに生まれ変わるんじゃないか」

「ほう、狩るほうではなく、狩られるほうですね」

「そうも言えるな」しかし、デイヴの心に浮かんだ答え、自分が恐れている業は、草食動物とは無関係だった。

「夢をお持ちですか？」

「もちろん」

「権力の夢は?」

「誰だって持っているだろう?」

「達成の夢は?」

「当然」

「出世のことではありませんよ」

「わかっている」

「どんな達成を夢見ますか? 究極の達成は? あなたの夢の頂点はなんです?」

考える前に、デイヴは言っていた。「マーク・トウェイン」そして、赤面した。

精神分析医はまごついたようすだった。「マーク・トウェイン? それ、説明してもらえますか?」

デイヴはばつの悪さを感じた。マーク・トウェインの夢は、誰にも話したことがなかった。ヘレンにさえ話していないが、どうせ妻が理解するはずはない。それに、デイヴ自身、ほとんどその夢を認めていないのだ。口ごもりながら答えた。「わたしが夢見る達成は……その……本を書きたいんだ……マーク・トウェインに関する本を。つまり、彼の人生と作品について書いてみたい。それが、わたしの夢だよ」

「ベストセラーですか？」

「いや、売れなくてもいいんだ。だが、評判は……まあ、いいに越したことはない」

「これは非常に興味深いことですよ、エリオットさん。あなたの歳ぐらいのビジネスマンは、たいてい、スポーツ関連の夢を持ちます。野球チームを買うとか、プロゴルフのチャンピオンになるとか、ヨットで世界一周をするとか……。でも、あなたは、エリオットさん、あなたはまったく違う夢を持っている。博学な文学者になりたいという夢を。いやはや、じつに変わっています」

昔々のデイヴなら、その意見に同意したことだろう。いやはや、じつに変わっていると。

2

昔々、ひとりの若者が弁護士になりたいと思っていたが、彼の最終的な目標は、それよりももっと野心的なものだった。弁護士になるのは、目標への行程の一歩にすぎない。ゆくゆくは、政界に身を置くのだ。上院議員、州知事、大統領顧問団、それに、ひょっとすると……まあ、どこまで行くかは、神のみぞ知る。

若者は、一流の法科大学院《ロースクール》で学位を取る必要がある。ハーヴァードかコロンビアか、好きなほうでいい。そして、最高裁判所――あるいは、百歩譲って控訴裁判所――で書記として働くために十分な成績を収める必要がある。それから、二、三年、州政府で働いて、いろいろな人と付き合い、適切な人と親交を結ぶ。そうするうちに、政界へ打って出る準備が整うだろう。最初は、州議会。その後、もっと高い地位へ。国民の公僕となるべく、若者は生まれたのだ。

テレビ討論会で自分が言うしゃれた文句を想像して、若者はにんまりする。新聞や、選挙ポスターや、雑誌の表紙で微笑む自分の写真を、すでに思い浮かべることができる。スポットライトを浴びて、壇上に立ち、マイクに向かう自分……誇らしげで、高潔で、人気があって、行動的で、国民の敬意を一身に集める指導者……そして、言うまでもなく、民衆の擁護者。常に、そうでなくては。何よりも、そうでなくては。自分は、〝議会の良心〟と呼ばれる男に、もしくは、それに匹敵する人間になるのだ。あの古い映画のジミー・スチュワートのように、自分も……。

もちろん、それらは空想だ。大学から三十キロほど離れたアルミニウム成型工場で、時給七十五セントの深夜勤務についているとき、目を覚ましておくために、若者はそんな空想をする。授業と宿題の合間、予備役訓練部隊の演習と学費稼ぎのアルバイトの合間、そんな合間にどうにか取れる平日の睡眠時間は、四時間だ。足りないぶんは、週末に取る。

若者は優等賞を狙っている。手に入れたも同然だが、まだ確実ではない。

若者は、予備役訓練部隊がきらいではない。演習は頭を使う必要のない気楽なもので、学科のほうの締めつけもゆるい。唯一、予備役訓練部隊でいやなのは、今年はこれまでより多くの学生が入隊したため、運動部や友愛会や工学部の、軍人のまねをすることを実際に楽しんでいる連中と付き合わなければならないことだ。もっとも、そんなことは、部隊からの支給金を思えば軽く我慢できるし、よく考えてみると、軍隊での名誉ある経歴——理想としては、一、二個の勲章付き——は、新進気鋭の若い政治家にとって、貴重な財産になるはずだ。

彼は、確かに勲章をいくつか手に入れる。そのうちのひとつは、青銅星章だ。だが、そのころには、勇敢に軍務を果たした記録と同様、勲章は無意味なものとなっている。軍法会議が始まりもしないうちに、若者は政界への夢を捨てる。公的生活と政治権力を求めるかわりに、デイヴィッド・エリオットは、できるだけ快適で裕福な人生を送ろうと決心する。しかも、快適さと裕福さを求めながらも、できるだけ静かに世間を歩き、足跡を残さないように生きていくのだ。

ミライ村の事件は、軍の人々の記憶にまだ鮮やかに残っている。正確な人数は謎のままだが、四百人から五百人の民間人が、C中隊の若い兵士たちに殺された。戦争中であり、武器を持たない、罪のない民間人が犠牲者だったため、あらゆる昔ながらの行為がくり広げられた。拷問。婦女暴行。頭皮を剝がれた犠牲者もいた。戦時においては、めずらしくもない光景だ。

その事件が報道機関の知るところとなり、当局は大いに困惑する。しかし、デイヴィッド・ペリー・エリオット中尉に対しては、もっと困惑する。

そこで、軍法会議が開かれることになると、当局はゆっくり、慎重に、そして、ごくごく秘密裡に行動する方針を取る。

遅々としてはかどらない手続きのおかげで、デイヴは時間を持て余すことになる。基地から外へ出ることは許されず、外部との接触は禁じられている。日課の――強迫観念に取りつかれたような、と表現する者もいるだろう――運動を除いて、デイヴが手に入れられる気晴らしは、読書だけだ。

それまでは、あまり本を読んだことがなかった。高校時代に課題図書を読まされたが、どの本も、読書が退屈だということを、少なくとも退屈であるべきだということを示すために、念入りに選ばれたものばかりだった。大学時代の、夜のアルバイトと授業の合間には、教科書以外の本を読む時間はほとんどなかった。軍隊に入ってからも、秘密軍事活動に関わっていたので、のんびり本など読んでいられなかった。

しかし、裁判が始まるのを待つ数か月間、本を読む以外、あまりすることがなかった。デイヴは、手近にある本を読んだ。大部分は、独身将校用宿舎の読書娯楽室に備えられた、ぼろぼろの汚れた本だ。

ふたつの文章が、デイヴに強い印象を与える。ひとつは、ハイラム・ユリシーズ・グラント、陸軍士官学校の書き誤りにより、のちにユリシーズ・S・グラントとなった人の文章。もうひとつは、マーク・トウェインの文章だ。

ひとりめの、おそらくアメリカ一偉大で、まちがいなくアメリカ一戦うのがきらいだった将軍は、死の床でこう書いている。〝経験から言って、自国が参加する戦争を妨害する者は、その行為が正しかろうがまちがっていようが、人生や歴史において羨望される立場に立つことはない。個人にとっては、すでに始まった戦争を妨害するよりも、戦争や伝染病や飢饉を支持するほうが身のためなのだ〟

もうひとりの、本名サム・クレメンズのほうは、こう言っている。〝愛国的行為は、愛国的行為だ。狂信的行為と呼んだところで、それをおとしめることはできない。何ものも、それをおとしめることはできない。それが政治的な誤りであろうと、千の誤りに匹敵する誤りであろうと、その気高さがかげることはない。愛国的行為は尊敬に値し――常に尊敬に値し、常に貴く――、頭を上げて国と正面から向き合う特権を与えられている〟

デイヴィッド・エリオットは、それ以来、マーク・トウェインをくり返しくり返し読んでいる。

3

ドアをロックした電話室のなかで、身の安全を確保したデイヴは、これまでの出来事を皮肉屋の守護天使と話し合った。

〈あやうく故デイヴィッド・エリオットにされかけた件について、事実を列挙してみようじゃないか、相棒？　ひょっとすると、おまえさんがこんな窮地に立たされたわけが、何かわかるかもしれない。ひょっとすると、危機を切り抜ける糸口が見つかるかもしれないぞ〉

見つかるわけがない。

〈まあね。だけど、今の時間を、これよりましなことに使う予定はないんだろ。じゃ、最初の質問だ。ランサムは何者で、やつの仲間たちはなんなのか?〉

デイヴは声に出さずに答えた。わたしにわかっているのは、彼が何者だったか、それに、どこの出身か、ということだけだ。特別作戦部隊。秘密軍事活動。わたしと同じさ——軍服は着ていたが、完全に軍の指揮下にあったわけではない。腕力だけが取り柄の男でもない。彼らは、腕っぷしの強い人間を、それだけの理由で勧誘することはなかった。

〈ほかには?〉

生き残る男だ。カミカゼ特攻隊員はお呼びじゃない。われわれは英雄のまねはしないし、カスター将軍のような最後の抵抗も行なわない。マンバ・ジャックは、わたしたちにそう言い続けた。

〈頭脳、腕力、それに、生き残る本能。おまえさんたちの商売に不可欠な基本的条件か。で、現在のことは、何を知ってるんだい?〉

たいして知らない。戦争が終わると、その種の軍務に就いていた者の多くは、単に国へ帰り、軍服を脱いで、人生を続けた。そうでない者は——そう、なかには残った者もいたと聞いている。必ずしも軍隊にいるわけではないが、まだ現役でやっているらしい。

〈じゃあ。ひょっとすると、ランサムは政府の人間？〉

まさか。なぜ、政府の人間がわたしを殺そうとするんだ？　わたしは、政治とはなんの関わりも持っていない。嘆願書に署名したこともない。なんらかの運動に参加したこともない。ちくしょう、投票にさえ行ったことがないんだぞ。

〈でも、政府の連中ってのは……〉

ばかばかしい！　わたしはこの二十五年間、政府の職員と口をきいたことさえないかもしれないのに。

〈二十六年めはどうなんだい？〉

ありえないね。もし連中がわたしを黙らせたいと望んだのなら、あのとき黙らせただろう。今じゃない。今まで待つなんて、どうかしている。それに、あれからずいぶん時がたった。もはや誰も気にしてはいない。

〈そうかもしれないし、そうでないかもしれない。で、ランサムが政府の人間じゃないとしたら、何者なんだい？〉

さあね。傭兵かもしれない。戦後、身につけた技術をよそへ売り込んで、傭兵になった者もいたからな。シンガポールやイラクやエクアドルなどの独裁者たちの、頼もしきアドバイザーになったんだ。ある年に、チリや南アフリカに関する記事で、彼らの名前を見たかと思うと、翌年には、エチオピアやグアテマラにいるという話を聞いたりする。あのクロイター大佐、懐かしのマンバ・ジャックも、自分の会社を作った。名前は、戦争の犬株式会社だ。

〈クロイターがランサムをよこしたと思うかい？　こんなに時がたってから、マンバ・ジャックは借りを返すことにしたんだろうか？〉

いや。もしジャックが昔の借りを返そうと決めたら、自分で返しに来るはずだ。ぞっとしない話だけどね。

〈だから？〉

だから、わたしにはまったく見当がつかない。

〈マフィアの可能性は？〉

ないな。ビジネスマンがギャングと関わりを持つのは、映画のなかだけだ。まして、バーニー・レヴィーが連中と関わることなどありえない。マフィア絡みの話には近づこうともしない男だ。彼ほど、道徳観念の強いビジネスマンはいないよ——まさに高潔の士さ。

〈その高潔の士が、ブローニングでおまえさんの命を縮めようとしたんだぞ〉

わかっている。

〈ハリーはどうなんだ？　あのジョーイなんとかっていう、ニュージャージーのマフィアの首領を弁護したな〉

ハリー・ハリウェルは、ギャングの弁護はするかもしれないが、ギャングといっしょに仕事をするような男じゃない。

〈政府の人間でもなければ、マフィアでもない。こりゃあ、たぶん、電力会社《コン・エド》だよ。おまえさんが電気料金の支払いを忘れたんで、怒ってるんだ〉

おい、よしてくれ！　こっちには、何が起こっているのか推測できるほど、情報がないんだ。

〈ある程度の情報なら、あるだろ。例えば、ランサムはおまえさんの二〇一号ファイルを読んだと言ってた〉

わたしの軍隊での経歴のファイルだ。わたしの経歴が少なくとも最後の手前までは名誉あるものだったという、ランサムの皮肉った発言は、彼が記録の内容を知っていることを意味する。だが、あれを知ることのできる人間は、いないはずなんだ。記録は封をされ、〝極秘〟の印を押されて、陸軍法務総監の金庫室にしまわれた。ハイレベルの秘密事項取扱権限を持つ人物でなければ、わたしの二〇一号ファイルを見ることはできない。あるいは、そういう人物を知っているのでなければ……。

〈もうひとつ不思議なのは、引金を引きに来たのがランサムではなく、バーニーだったことだ。これはどういうわけだと思う？〉

ランサムはプロだ。おそらく、その商売——なんだかはわからないが——をずっとやってきたのだろう。その商売を得意としていて、人を殺すことなど屁とも思わない。なら、なぜバーニーを送り込んできたのか？　わたしを殺す依頼があり、ランサム自身が現場に来ていたのなら、なぜバーニー・レヴィーのような民間人に仕事をさせようとしたのか？

〈場所柄を考えてみろよ、相棒〉

そう、そのとおりだ。あやうく見逃すところだったよ。やつらはオフィス内で殺そうとした。なぜ、あそこで？　なぜ、わたしがジョギングをしているときに、走っている車から始末しようとしなかった？　でなければ、夜わたしが歩いて帰宅するときに、後頭部を撃ち抜こうとしなかったんだ？　答えは、たったひとつ。つまり、パーク街の高層ビルの四十五階には、早朝、あまり人がいないということだ。見ている者がいない。質問する者がいない。事はきわめて静かに行なわれ、誰にも知られずにすんだだろう。ランサムはこう言っていた。〝これは、秘密行動ということになってる。

その方針を貫こう〟

〈ということは……〉


　ジョン・ジェームズ・クロイター大佐は、ろうそくの光に照らされた小屋のフィールド・テーブルに向かって、だらしなく座っている。彼をクロイター大佐と呼ぶ者は、ひとりもいない。みんな、マンバ・ジャックと呼ぶ。このニックネームは、神経毒を持つブラック・マンバという蛇に由来している。その毒は、いかなる毒よりも速く人を死に至らせる。噛まれれば、十秒後には、過去の人だ。

　マンバ・ジャックは、自分のニックネームを誇りにしている。

　大佐の前には、四分の三入ったジャックダニエルの黒ラベルがある。唇のあいだから、フィルターなしのラッキーストライクの短い吸いさしが垂れている。最後に一度、深く煙を吸い込むと、大佐は吸い殻を土の床に投げ捨てた。デイヴに向かってにっこりと笑う。大佐の歯はまっ白で、犬歯が、デイヴの知る誰よりも長い。

「なあるほど、お目々きらきら結構毛だらけのおめえさんが、わが隊のうら若きエリオット中尉か」マンバ・ジャックが、母音をやけに引きのばす東テキサスなまり、南部の白人労働者階級のなまりで言う。クロイター大佐がクラス三番の成績で陸軍士官学校を卒業したことを、中隊の事務官から聞いていなかったら、デイヴは大佐を無学な田舎者と思ってしまっただろう。

「おめえさん、そろそろ、純潔を失ってもいいころだな、中尉」

「はっ?」

クロイターが横目で見る。ディズニーの大きな悪い狼そっくりな目付きで、自分でもそれを承知している。「おめえさんに、ちょっとした仕事がある。非武装地帯の北のほうで、ソ連のKGBの少佐が、ベトコンに手を貸してるようでな。そのロシア野郎がちょっとばかし目ざわりになってきた。銃をくれてやったり、補給品をくれてやったり、アドバイスをくれてやったりしてる。銃は、まあ、目をつぶろう。補給品も、まあ、目をつぶろう。だが、アドバイスはな――そいつが、どうにも気に入らねえ。言ってみりゃあ、鞍の下にできたこぶのようなもんだ。そこでだ、中尉、おめえさん何人か引き連れて非武装地帯の北まで行って、そのロシア野郎に伝えちゃくれねえか状況を大いに不快に思ってることを、そのロシア野郎に、マンバ・ジャック・クロイターがこの」

「大佐、そいつを連れて戻ってくることをお望みですか?」

「とんでもねえ。なんのために?　くせえロシア野郎に、俺がなんの用があるってんだ?　話をすることもできねえんだぞ。言葉を知らねえからな。それに、ぶるぶる震えてる生きたロシア野郎にいられたんじゃ、迷惑だ。そうでなくても、政治問題が山積みなんだからな」

「かたづけろ、ということで？」

「そうだ、エリオット中尉。そいつが、正しい言葉づかいだ。だが、きれいにやれよ。死体もなし、証拠もなし、だ。われわれはだな、エリオット中尉、このＫＧＢの少佐の上官をちょいとばかし心配させてやりたい。部下がずらかったんじゃないかと、気を揉ませてやりたい。坊やがわれわれの手に落ちて、小さな胸の内を洗いざらいぶちまけてるんじゃないかと思わせてやりたい。少佐がテレビに出演して、マイク・ウォーレスやウォルター・クロンカイト相手におしゃべりしてる悪夢を見させてやりたい。わかったか、中尉、われわれがおめえさんに望んでることが？」

「はい、大佐」

「じゃあ、それはなんだ、中尉？」

〈もちろん、なんて答えたのか覚えてるんだろ？〉デイヴの皮肉屋の守護天使が尋ねる。

センテレックス社のリノリウムの床に座り込んだデイヴィッド・エリオットは、自分の返事を思い出して、苦笑した。返事はこうだった。「はい、大佐。少佐を消すことです」

〈そのとおり。そして、今、誰かがおまえさんを消したがってる〉

4

一九七〇年代はじめ、デイヴが社会人として働き始めたころ、電話設備室は大きく、騒々しい場所だった。すべての設備は電気式の機械で、やかましい音を立てる中継装置とカチカチいうスイッチがずらりと並んでいた。そのころの構内電話交換システムの保守管理はひと仕事であり、たいてい一週間に一度か二度は、電話会社の作業員の一団が、機械をいじくりにやってきた。当時、ファースト・ナショナル・シティと呼ばれた会社で、最初に管理部に配属されたデイヴは、彼らのことを覚えている。ほとんどが大男で、体重が少し多すぎ、煙草をくわえていた。全員が厚手の灰色の作業用ズボンをはき、アイルランドかイタリア系の名前を呼ばれると返事をした。

最も重要なのは、電話室に作業員用ロッカーがあったことだ。予備の衣服、つなぎ、ジャケット、ときには作業用の深靴が入っていた。このセンテレックス社の交換装置を置いた部屋にも同じようなものがあることを、デイヴは願った。が、運には恵まれなかった。電気式機械による構内電話交換システムの時代は終わっていた。現代の電話システムは小型で、コンピューター化されている。聞こえるのは、システムの冷却ファンの音だけだ。

確かに、電話室にロッカーはあった。しかし、小型の電子部品と色のついたワイヤーの置かれた棚を除けば、そこにあったのは、ハスラー誌のバックナンバーが二冊と、工具ベルトが一本と、手袋がひと組だけ。ベルトと手袋は、デイヴが考えていることに役立ちそうだった。

部屋のなかでほかに役立つものは、壁に掛かったベージュ色の電話機だけだった。この一時間、考えに考えた結果、デイヴはそれを使う決心をしていた。兄に電話をかけるのだ。ヘレンにではない。ヘレンは危機にうまく対処できないし、具合の悪いことは何でもすぐ夫のせいにする。デイヴはずっと以前にこう心に決めていた。もし二度目の結婚生活をうまく続けたいのなら(デイヴは切にそれを願っている)、自分で、自分だけで、やっかいごとを処理しなければならない、と。

〈やっかいごと？　今の状況を表わすのにぴったりの言葉じゃないか？〉

ヘレンの相手をするより、兄に電話したほうがいい。フランクは仰天するだろうが、少なくとも、行動を期待できる。ヘレンに期待できるのは……〈〝ぶーたれる〟って言葉を探してるんだろ〉……不平を言うことだけだ。それと、デイヴには答える時間のない詰問だけ。時間があれば答えられるというものでもないが……。

電話機に目をやり、腕時計で時刻を確認して、電話をする気になったとき、ランサムのアパラチアなまりが、無線機のぱちぱちいう音とともに聞こえた。「こちらコマドリ」

「だいじょうぶか、コマドリ？」聞き覚えのある声——ウズラと呼ばれている男だ。てきぱきした、軍人らしい口調だった。おそらく彼も、ランサム同様、かつて将校だったのだろう。

「何よりもプライドが傷ついたよ、ウズラ」デイヴは同意してうなずいた。ランサムの返答は適切だった。多少の悔しさを表わす（だが、けっして謝らない）のが、指揮官が任務をしくじったときに取れる最も賢い態度だ。

「さて」ランサムが続ける。「状況を完全に把握したいと思うが、その前に、本部へ電話して、電話の傍受と逆探知を要請してくれ。標的のアドレス帳にある番号を、監視下に置け。やつの妻、前妻、息子、兄、かかりつけの医者、歯医者、株式仲買人、それに、やつの靴磨きもな。隣人、友人、やつが知ってる人間全員だ。全員の電話を盗聴しろ、今すぐに。もし標的が誰かに電話してきたら、プラグを抜け。いいか、標的にひと言もしゃべらせるな。くり返す、ひと言もしゃべらせるな。書き取ったか、ウズラ?」

「ああ。書き取った」

「あの?」別の声。ウズラの声ではないし、ウズラほどプロらしくもない。

「なんだ、アオカケス」ランサムが応じる。

「あの……えー……標的が逃げ出したりしている状況からしますと、われわれにもいくらか事情を説明していただければ……その……」

「だめだ。おまえたちには、必要なことは知らせてある」

「ですが、例えば……なぜ、われわれはこの男を追っているんですか? その理由を知っていれば、役に立つのでは……」

「くどいぞ、アオカケス。質問をするな。おまえたちは知らないほうがいいんだ。信用しろ」

「ですが……」

「コマドリ、通信終わり」無線機が静かになった。

デイヴは唇を嚙み、電話機へのばした手を引っ込めて、計画を変更した。しかし、あとになって、結局電話を使った。四一一にかけたのだ。番号案内に。

腕時計によると、九時三十七分だった。そろそろ行く時間だ。

生ぬるくなったコーヒーの残りを飲み、顔をしかめた。ろくに技術がなくても、もっと安い値段で、これよりまともなコーヒーを作れるはずだ。自動販売機会社がなぜ仕事をマスターできないのか、デイヴは不思議でならなかった。

立ち上がって、腰に工具ベルトを巻き付ける。幅の広い、なめし革のベルトで、周囲には、ドライバー、ペンチ、ワイヤーストリッパー、はんだ鏝《ごて》、鉛線のぶら下がる青い電話テスト・セットの入ったケース、それに、なんに使うのかデイヴにはわからない奇妙な形の道具がひとつかふたつ、引っ掛かっている。このベルトは掘出し物と言えた。外見を変えるのに役立ってくれるからだ。厚手の軍手ひと組をこのベルトにはさみ、黄褐色のズボンに通したグッチのベルトの、独特のバックルを隠す。

〈電話会社の作業員を見るやつなんていない。備品の一部みたいなものだ〉

デイヴは髪の分け目を変え、ネクタイをはずし、ワイシャツの襟芯を取り除き、左手の包帯を取り、袖をまくり上げた。腕時計と結婚指輪は、ズボンのポケットにしまった。手入れの行き届いた爪の下には、垢がたっぷりはさまっている。歩くときは、唇を少し開き、口で息をするつもりだった。どこでも見かける、作業場に向かう肉体労働者のできあがりだ。

いちばん大きな問題は、靴だった。電話修理人が買えるような靴ではないし、履きそうな靴でもない。デイヴは、誰も靴に目をとめないようにと祈り、オフィスのクロゼットからナイキを取ってくる機転のきかなかった自分をののしった。

もうひとつ、問題があった。尿意を催したのだ。隠れ場を出て、廊下の先の男性用トイレへ駆け込もうかと。一瞬思ったが、それだけのリスクは冒せないと判断した。膀胱にかかる圧力はきわめて不快で、十五分かそこらあとまで、つまり電話室を、四十階を、センテレックス社そのものを離れるつもりのときまで、待っていられそうにない。かといって、行動開始の予定が差し迫ったこの状況で、トイレまで行く余裕はほとんどなかった。しかも、ひとたび通りに出たら……そう、マンハッタン島に公衆便所はあまりないし、分別のある人間はそこを使ったりしない。

しかたなくコーヒーの紙コップに放尿すると、コップのふちまでいっぱいになった。

カールーチの無線機で、聞き覚えのない声がした。「コマドリ、聞こえますか?」

ランサムが答える。「コマドリだ、どうぞ」

「こちらムクドリ。コマドリ、まずいことが起こりました」

「まずいことは起こりどおしだと思うがね」ランサムが声の調子を変えずに言った。

「そのとおりです。しかし、こいつは当面の問題でしてね。本部が今、ツグミを死体袋から出して、作業を始めました」

「それで?」

「持ち物の確認をしたところ、拳銃がなくなってました」

「驚くには当たらないな」

「無線機もです」

長い沈黙が落ちた。それから、ランサムが平板な声でつぶやく。「きわめて遺憾な事態だな」

「標的は、われわれの言うことをひと言残らず聞いてたんです」

「言われなくても、わかってるよ、ムクドリ。すべての持ち場の者に告ぐ。いいか、お嬢さんがた、聞いてくれ。話すことがある。エリオットさんにも聞いてもらいたい。エリオットさん、返事をしてくれ」

デイヴの親指が、〝送信〟ボタンへ向かってぴくっと動く。が、押しはしなかった。

ランサムが深く息を吸って、吐く。「エリオットさん? エリオットさん? 結構、勝手にしたまえ。これまでと同じようにな。ほかの者たちは、よく聞くように。今から、このちょっとしたパーティーの後半の予定をざっと説明する」

ランサムの口調は穏やかだった。感情をまったく表わさずに、ゆっくり、はっきりしゃべっている。

「一階に倍のチームを配置したい。エレベーターと階段の監視を増やし、外に予備の二チームを待機させてくれ。ウズラ、これらの人員を可及的速やかにここへよこすよう、本部へ伝えてほしい。エリオットさん、あんたは今、昼食時か終業時に脱出しようともくろんでることと思う。人込みに紛れて、見つからないよう願ってるんだろう。しかし、そんなことはさせない。当てにしてくれ。あんたは、絶対このビルから逃げられない。さて、きっともうわかってるだろうが、この活動には特別警戒体制が敷いてあって、われわれは民間人たちに不安をいだかせないよう望んでる。このビルで働く善男善女にとって、きょうは平常どおりの一日となる。今夜、みんなが退出してから、われわれはフロアごとにさらっていくつもりだ。ウズラ、犬が何匹か必要になるだろうと、本部に言っておいてくれ。犬だよ、エリオットさん。あんたのオフィスにあったジョギング・ウェアから、犬どもはあんたのにおいをしっかりかぎ取るはずだ。俺の読みに狂いがなければ、真夜中前に事は終わってるだろう」

ランサムが間をおき、反応を待つ。デイヴはなんの反応も示さなかった。そのかわりに、頭をわずかに左に傾けた姿勢で黙って立ち、いやな意味で耳になじんだ語彙と声の調子を聞いていた。

「ノー・コメントかな、エリオットさん？　それなら、それでいい。率直に言わせてもらうと、けさのあんたのふるまいは、品が悪かったな。だが、あんたの軍隊での記録を考慮すると、俺は驚いちゃいけないようだ。記録のどの部分を言ってるのかは、わかるだろ？」

デイヴはぎくりとした。

「とにかく、あんたには驚かされたよ。たぶん、あんた自身でさえ驚いてるのかもな。驚いたと言えば、あんたがオフィスに仕掛けたおもちゃにも、ちゃんと驚いたから安心してくれ。なんなのかわかるまでに、十分かかった」

デイヴは、バーニーの二五口径オートマチックに細工をして、オフィスのドアが開くと、床めがけて弾を発射するように仕掛けておいた。自分が部屋に立てこもって、最後の抵抗をしていると、ランサムの部下たちに思い込ませたかったのだ。どうやら、連中はまんまと引っかかったらしい。

「もうひとつあるよ、エリオットさん。俺の拳銃を調べてみたんだ。あんたがやったことは、じつにみごとだった。どうか、俺の賛辞を受け取ってくれ。銃口に差し込まれたあのクリップに気づかなかったら、今度弾を発射したとき、俺はぶったまげるところだった、そうだろ?」

〈気づいたのがそれだけだとしたら、おまえはまだぶったまげることだろうよ、まぬけ!〉

「なあ、あんたがやらかしてるどんちゃん騒ぎは、合衆国陸軍が授けた最高の訓練の成果とばかりは言えないような気がする。俺が思うに、エリオットさん、それはあんたの血が原因だ。あんたの行動は、おそらく天性から来るものだ。とすると、あんたはきわめて危険な男ということになる」

ランサムがふたたび間をおく。

「だが、それなら、俺だって同じさ」

ふと気づくと、デイヴは、唇をぎゅっと結んでいた。ランサムは圧力をかけている。何かを……心理戦争の教科書から知識を得たにちがいない何かを、計画しているのだ。

「これまでに、俺は部下をふたり失った。ひとりはあんたの銃弾に倒れ、もうひとりは、あんたのオフィスの外で不幸な事故にあった。もうこれ以上、犠牲者を出したくない。そこで、提案したいことがある。現在置かれている状況を考えれば、あんたも受け入れる気になるはずだ。だから、分別のある行動をし、協力してくれ」

〈分別? 笑わせるぜ! こいつ、おまえさんを殺したがっていながら、協力を求め

てるぞ！〉

「提案内容は、こうだ。俺は上役たちに連絡して、ある程度の事実をあんたに知らせる許可を得られるよう努力する。あんたが事実を知れば、和解できる可能性があると、連中を説得したいと思う。交渉によって、今俺が受けてる命令を変更できるかもしれない。この命令は、あんたも予測がついてると思うが、制裁性のあるものだ。そのためには――制裁が取り消される条件についてあんたと俺が話し合うためには、上の許可が要る。だから、エリオットさん、どうか俺の言うとおりにしてほしい。きわめて重要なことだ。しばらくのあいだ、無線機の暗号を変えることにする。それを行なったら、あんたは通話を傍聴することができなくなる。まったく何も聞こえなくなるだろう。だが、その無線機を捨てるな。くり返す、そいつを捨てるな。電源を入れたまま、そいつを常にそばに置いておけ。この件で俺たちが友好的な結論を出せるかもしれないと上が判断したら、あんたにこっちの声が聞こえるよう、暗号を戻す。くり返して言うが、無線機のスイッチを入れておけ。あんたと話をするために、またそいつを使うことになる。比較的早くであることを願ってるよ」

ランサムが言葉を切り、それから付け加えた。「返事をしてくれるとありがたいんだがね、エリオットさん」

〈おい、こら、何か言えよ。思ってることを、ぶちまけろ〉

デイヴは〝送信〟ボタンを押し下げ、口を開いた。「ランサム？」

「なんだ、エリオットさん？」

「くそして死ね」

ランサムは鋭い音を立てて息を吸った。「エリオットさん、あんたが歳と地位に似合わず、おとなげないってことがわかってきたよ。それにもかかわらず、そして、今の下品な発言にもかかわらず、非常に重要な情報を教えてやる。ほんとは言うべきじゃないんだが聞かせてやろう。今、あんたは、自分にとって最良の筋書きは、このビルを出て、街に逃げることだと考えてる。だが、いいかい、エリオットさん、そいつは最良の筋書きなんかじゃない。実際のところ、最悪の筋書きだ。もしあんたがこのビルから出たら、あんたが思い描く最悪の筋書きよりも悪いことが起こる」

5

ランサムの予告どおり、無線機が静かになった。デイヴは肩をすくめて、それをシャツのポケットへ入れると、電話に手をのばした。最初の呼び出し音で、相手が出る。

「WNBCテレビ、第四チャンネル《アクション・ニュース》です。ご用件をどうぞ」

これを企てたとき、アイルランドかアラビアかラテンアメリカのなまりでしゃべるのがいちばんだと思った。しかし、計画がうまくいくためには、完璧に外国人のように聞こえなければならず、デイヴには、それをやってのける自信がなかった。型どおりのありふれた変人のように話すほうが、ずっと簡単だ。ニューヨークの人間は、変人をよく知っている。

舌が許すかぎり速く、デイヴは言葉を吐き出した。「ご用件だって？　ちがう。あんたを助けてやろうと思ったんだ。みんなを助けてやろうと思ったんだ。ああ、助けてやるぜ。俺はもううんざりした。もうたくさんだ！　俺が手を打ってやる。映画があったろ。『俺は怒り狂ってる。これ以上耐えるつもりはない』そう、俺はもう耐えるつもりはない。だから、やつらは死ぬんだ！」

「もしもし？」

「血の川。第七の封印の開放。見よ、青白い馬を、乗ってる者の名は〝死〟と言った。俺は〝死〟で、きょうは不義に乗ってきた。大いなる都バビロンは、このように荒々しくなぎ倒され、もはやけっして見られなくなる。俺はけさ、神の火を起こし、それが地上から悪を追放するのだ！」

「もしもし、おっしゃってることがわかりません」

「犬のような者、魔術を使う者、みだらなことをする者、人を殺す者、偶像を拝む者、また、偽りを好みかつ行なう者すべては、外に出されている。俺の言ってるのは、そういうことだ。そして、きょう、やつらは地獄へ落とされるのだ！」

「はい。ですが、あの……」

「五〇丁目とパーク街の角。カメラ班を行かせろ。ビルの中央部に注目するように言え。見えるはずだ。この午前中に。まもなく。サタンとその軍団が、ドカンと一発、廃業に追い込まれる。俺の言ってること、わかるか？　ドカン！　と一発、だ」

「もしもし、もしもし。まだそこにいらっしゃいますか？」

「俺は、いる。やつらは、いなくなる。やつらの居場所は、地獄だ！」

「お願いです、質問させてくれませんか。ひとつだけ……」

「だめだ」デイヴは電話を切った。満足で、頬がゆるんだ。

6

数分して、人々が避難する音が聞こえ始めた。それから一瞬後、電話室のドアの把手がガチャガチャいい、呼びかける声がする。「誰か、なかにいるか？　おーい？

爆弾の予告があった。全員、ビルから出なきゃならない」

〈成功だな〉デイヴの辛辣《しんらつ》な守護天使が現われた。〈テレビ局が警察に電話したんだ。警察は爆発物処理班をよこした。ランサムは、警察が避難命令を出すのを、止めようとしたとしても、止められなかった。たぶん、あえて止めようとはしなかっただろう。どうしてなら、ランサムのような男なら、予告が本物かもしれないと知ってるからだ。どこかのばかが、ほんとうにこのビルに爆弾を仕掛けた可能性もある。その可能性は一パーセントだが、ゼロじゃない。それに、避難命令を止めようとして、実際に爆発が起こったら、ジョン・ランサムと名乗る男は、後悔の海を泳ぐことになる〉

ドアの把手がまたガチャガチャいう。「誰か、いるかい？」デイヴは答えなかった。ドアから離れていく足音が聞こえた。

デイヴははやる心を抑え、待った。しばらくすると、外がずいぶん静かになった。急ぐ足音が二、三、聞こえるだけだ。それから、しんとなった。デイヴは錠をはずして、ドアを押しあけた。外へ出て、左右を見る。廊下に人はいなかった。遠くに目をやり、交差している廊下の壁をじっと見る。靴のかかとがリノリウムの床に当たって響く音がしないかと耳を澄まし、ベージュ色の漆喰に映る影がないかと目を凝らした。

〈ベージュじゃないな。淡い灰褐色か、カフェオレ色ってとこじゃないか？〉

色なんか、どうでもいいだろ。

〈補佐しようとしてるだけさ〉

誰もいないことに満足して、デイヴは廊下を全速力で駆け、右に曲がり、社員食堂を通り過ぎた。食堂は空だ。誰もいない。次の部屋は……

経理部員たちの棲家か。五百平方メートルのオフィス用スペースが、二・五メートル×二・五メートルの小部屋に、灰色の……

〈鳩色に近いな〉

……布張りの仕切りで分けられている。それぞれの小部屋には、小さな机、椅子、それに、抽斗のふたつ付いたファイル用キャビネットがあった。

仕切りは、デイヴが中を覗けるぐらいの高さだった。それぞれの小部屋に目を向けながら、そのあいだを走り抜ける。個性を排除するよう注意深くデザインされた環境のなかで、小部屋の主たちはちょっとした自分らしさを演出していた。こちらではガーフィールドの人形がファイル用キャビネットの上に座り、あちらではアザレアを活けた花びんが置かれている。子どもの写真や、子どもの描いたクレヨン画などが、灰色の、いや、鳩色の仕切りに留められた小部屋もある。絵画のポスターが一、二枚。

バイエルン地方の城の写真と、ひと組の男女が腕を組んで、まぶしい金色の浜に立つ写真。素人の油絵。プラモデルの飛行機。額に入った、刺繍《ししゅう》で書いたように見せた字は、〝勤労意欲を高めないかぎり、従業員いじめは続く〟と読めた。

だが、デイヴが必要とするものは、見つからなかった。時間がない。

〈あそこ！　おっと。ちがう。あれじゃない。あれは女性用だ〉

デイヴはいらだって、歯ぎしりした。じつにありふれたものなのに。すごくありふれていながら、すごく重要なもの。簡単に見つかるはずなのだ。いつでも誰かが……。

〈あった！〉

読書用眼鏡。ワイヤーフレーム、男物、ちょうどよさそうなサイズ。遠視の人物が、避難するまえにそれをはずして、置いていったらしい。爆弾の脅迫は、たいていがいたずらだ。眼鏡の持ち主は、階段を下りるのに不必要なそれを、持って逃げたくなかった。数分もすれば戻ってこられると思ったのだ。

デイヴは眼鏡をかけてみた。世界が小さくなり、妙にゆがんで、焦点が合わなくなった。眼鏡をはずし、レンズを取り去る。遠くからなら、誰も、レンズがないとは気づかないだろう。そう願いたい。

〈気張っていこう。人込みに紛れれば、ただの眼鏡をかけたとんまに見えるさ。ノーネクタイ、上着なし、工具ベルト、眼鏡、カーキ色の作業用ズボンとして通るスラックス——ああ、きっと成功する。ランサムを除いて、おまえさんを直接見た者はいない。相棒、ここを出ようぜ！〉

そして、実際、デイヴは出ようとしていた。ホールを抜けて、廊下を回り、非常口をあけて、階段室へ……。

〈あっ、なんてこった〉

階段には、まだ人がいた。逃げるのが遅くなった人だけではない。上の十フロアで働く人々が、今も下りているのだ。わんさと。階段は、ごった返していた。

〈まず、いい知らせから。このなかには、四十五階から来た人たちもいるだろう。彼らはおまえさんの友だちかもしれない。次に、悪い知らせ。おまえさんは、バーニーとハリーを友だちだと思ってたけれど……〉

デイヴは人々の顔をちらりと見た。知った顔はなかった。下りの一団に加わる。神経を尖らせて、人々の声に耳を澄まし、こちらが知っているかもしれない、あるいはこちらを知っているかもしれない人物の声を聞き取ろうとした。

「……たぶん、またアラブだ」

「いや。ぼくがオフィスにいたとき、ちょうど連絡が来たんだよ。どうやら、アイルランドのばかどものしわざらしい」

「おれはアイルランド系だ」

「おっと。いや、何も……」

ちがう。このふたりの声は、聞き覚えがない。

デイヴのすぐ前。女性がふたり。「……で、彼が、直接報告してくれれば、あたしをワープロ室から出すことができるだろうって言ってるのよ。でも、わかるもんですか。何しろ、やなやつだから」

「あら、あいつは弁護士よ。弁護士ってのは、生まれたときから、やなやつなの！」

どちらも、知らない女性だった。

もっと前で、別のふた組の声がする。デイヴは聞き耳を立てた。「……二週間後に正式の提案書でな。だからと言って、連中がうちの提案を受け入れたり、料金を払ってくれたりするわけではない。あの会社は、絶対にそんなことせんよ」

「なぜです？　誰かがその仕事をしなけりゃならないってことは、向こうも知ってるはずでしょう？」

話し手の男たちは、一方は若く、一方は年上で、両方とも申し分のない服装をし、散髪に金をかけていた。たぶん、三十四階から三十九階に本拠を置くマッキンリー＝

アラン社の経営コンサルタントたちだろう。一日三千ドルからのコンサルタント料を取るマッキンリー＝アラン社は、優良コンサルタント会社のなかで、腕はいちばん優れていないとしても、料金の高さはまちがいなくいちばんだ。

シニアパートナーのひとりらしい年上の男が、オーソン・ウェルズを偲ばせる声で答える。「理由はだな、われわれよりも見識あるパートナーたちも認めるだろうが、結局、コンサルタント業というのが、一介の娼婦の仕事と変わらんからだよ。われわれが常に恐れねばならん競争相手が、熱心な素人だという点でね」

若いほうの男は、少し大きすぎる声でげらげら笑った。年上の男が、年下のほうを見る。デイヴは、映画スターを思わせる男の横顔に見覚えがあった。エリオット・マイルストーン、マッキンリー＝アラン社の有名なパートナーだ。

〈おまえさんは彼と一度しか会ってない。向こうはこっちを覚えちゃいないだろう。まあ、用心するに越したことはないけどね〉

別の声が、今度は後ろから聞こえてきた。役員会議室や役員用オフィスでしか耳にしないような言葉——甘美な響きを持つ、多音節語が特徴の役員言葉だ。「……会社をニューヨークから移転させることを真剣に考えるべきだと、バーニーに言ったほうがいい」デイヴはびくっとした。話し手はマーク・ホワイティング、センテレックス社の首席財務担当役員だ。「税金は法外だし、通勤地獄は言語に絶するし、それに、何が悲しくて、どこかの狂人が爆破の予告電話をするたびに、四十五階から階段を下りる苦行に耐えなければならないんだ?」

「まったくそのとおりだね」状況はどんどん悪くなっていく。声の主は、シルヴェスター・ルーカス、センテレックス社副会長だった。「誘致はあるんだ。アリゾナ、ニューメキシコ、コロラド、ニューハンプシャー、それに、オハイオ……」

「オハイオはよそう」

「確かに。しかも、どの場所でも、税金、労働者コスト、その他の出費において、かなりの削減ができる。どこの誘いを受けても、限界収益点が一ポイント以上下がるだろう。現在の株価収益率だと、それによって、時価総額がかなり上がる」

「株価収益率も上がるな」

「まさにそのとおり。報酬に自社株購入権《ストックオプション》という健全な特権が含まれているわれわれは、ある程度の利益を享受できる」

「なるほど。なあ、バーニーの尻をたたいたらどうだい? 次の役員会で、その話題を出すんだ」

「そうだな。デイヴ・エリオットの不幸な一件がなければ、今すぐ、きみの言うように、バーニーの尻をたたくところだよ」

「うーむ、その件ね。聞いたところだと――絶対内密ってことでね――、フラッシュバック現象みたいなものらしい。ベトナムさ。不幸にもあの戦争に行った人間のあいだでは、めずらしいことではないようだ」

「ほう。それで説明がつくな」

「まだあるんだ。ランサムって男が、われらがよき同僚についてかなり詳しく話してくれてね。あまり楽しい話ではなかった。どうやら、ほかにも起こったことがあるらしい。役員会ですべて話すつもりだ」

「そうか。まあ、バーニーがあとで会合を開くと言って……」

　十八階の踊り場が迫っていた。デイヴはそこに下りると、わきへよけ、壁のほうを向いて、ベルトをいじくり、ホワイティングとルーカスをやりすごした。息はまったく切れていなかったが、呼吸するのに骨が折れた。

7

　一階へ近づくにつれて、避難者たちの口数が減った。多くの人たちが息を切らし、あえいでいる。踊り場の壁に寄りかかって、張った腿《もも》を揉む者も何人かいた。

デイヴィッド・エリオットの脚は快調だった。ジョギングで鍛えた筋肉は、四十階から下りる程度の苦難をものともしない。

デイヴのすぐ前方にドアがあった。くすんだ、光沢のない緑色のドアで、へこみができている。そこにペンキで大きく、〝2〟と書かれていた。万一その数字を見逃した者のために、頭上には〝二階〟という表示が出ている。

〈いよいよだな。終点が近づいています。みなさん、お降り願います。頭上のお手荷物をお忘れにならないよう……〉

起こりうる最悪の事態は、ランサムが一階の非常口のわきで待ち受け、通り過ぎる顔すべてに目を向けていることだった。もしそれが現実だとすると、どちらかが死ぬことになる。ランサムは拳銃を見せびらかしてはいないだろう。そのことには確信が持てた。しかし、ランサムの拳銃がすぐに取り出せるところにあって、いざというとき、彼が躊躇《ちゅうちょ》せずにそれを使い、あとで目撃者たちに弁明することにも確信が持てた。もしランサムが待ち受けていたら、デイヴは一、二秒のうちに……。

〈やつを殺さなければな〉

そのとおり。

〈ドライバーを使って〉

心臓をぐさり。

〈そして、おまえさんは走る〉

そして、わたしは走る。

デイヴは、フィリップス社製の長いドライバーをつかんだ。それを工具ベルトから抜き出して、脚にぴったり貼り付ける。右腕の筋肉が緊張し、準備完了となった。

階段のいちばん下にたどり着いた。前方では、人々が押し合いへし合いしながら、非常口を抜けて、一階のロビーへ向かっている。デイヴは、ドライバーをいつでも使えるよう準備して、左右に視線を走らせながら、前へ進んだ。

ランサムはドアのわきにいなかった。デイヴはズボンでてのひらを拭った。布地を通して、湿り気が感じられる。まずい。これでは、ドライバーが手からすべり落ちてしまうかもしれない。

〈今のところは、うまくいってるよ。どうせ、おまえさん、やつを刺したくないんだろ。切った張ったの世界からは、離れてたからな〉

それも、長いこと。

デイヴはゆっくりと深呼吸をして、まわりで起こっていることに集中しようとした。

何かがおかしい。ロビーはぎゅうぎゅう詰めの状態だった。誰も進んでいない。人々は前へ前へと押しているのだが、全然動いていなかった。不満の声があがる。

ハーヴァード卒の弁護士だろうと、クイーンズで生まれたタクシーの運転手だろうと、ちがいはなかった。ニューヨークっ子は、ニューヨークっ子だ。いらだったニューヨークっ子だけが寄び起こせる特別な怒りで、彼らの声は高まり、誰もが同じ口調でしゃべっていた。「おい、進めよ、ねえちゃん」「誰のことを〝ねえちゃん〟と呼んでるの?」「いったいどうなってるんだ?」「この大騒動を俺のせいだと思ってるのか?」「ちょっと、あんた、あたしのお尻をさわんないでよ」「ぼくじゃないですよ」「まっ、ずうずうしい」「上へ戻ろうぜ!」「その煙草を消さないと、俺が消すことになるぞ」「やってみな」「押すのやめて」「おい、どっかのアラブ野郎が今にもマリファナに火ぃつけようとしてるから、急いでくれ」「アラブ野郎とは誰に言ってるんだ、イタ公?」「おまえの耳にだよ」「そうかい?」「そうさ!」

混雑の原因は、明るいガラス張りのロビー正面にあった。パーク街へ通じる六基の回転ドアのうち、四基が故障している。つまり、回転ドア二基と普通の扉ひと組からしか、外へ出られないのだ。

〈ドアが偶然故障したんじゃないことは、賭けてもいいね〉

人々がロビーの向こうへと押し進む。デイヴは依然として最後尾にいて、通りまで、安全な場所までは、まだ遠かった。うんざりするほど遠かった。身長が平均よりずっと高いため、ぎゅうぎゅう詰めになった人々の頭越しに、前を見ることができた。危険を察知しようと、きょろきょろ見回す。

〈いた、いた〉

四チームの男たちが、三つある出口のわきの、人々に押されないですむ場所に固まって立っていた。ランサム同様、大きな男たちで、やはり彼と同じような既製のスーツを着ている。どの男も片腕を曲げて、胸に渡し、いつでもジャケットの下に手をのばせる態勢だった。

後ろから押されるので、デイヴは前へ進むしかなかった。見張りたちに視線を据え続ける。見張りたちは、最寄りの出口から出ていく人々の顔に、視線を据えていた。デイヴの横の男が不平を言った。「くそったれ家主め、くそったれビルのくそったれドアの保守もできないとはな。ようこそ、くそったれニューヨークへ」デイヴは男を無視した。

すぐ後ろで女性の叫ぶ声がした。「痛っ、足、踏まないで！」デイヴは片足を上げた。「すみません」「まったく、誰か……」デイヴは彼女を思考から追い払った。

ようやく、後方のエレベーター群のところまで進んだ。このビルにはふたつのエレベーター群があり、一方は上の二十五フロア用、もう一方は下の二十五フロア用だった。エレベーター群はそれぞれ、ロビーわきの行き止まりの廊下沿いに設置され、二本の廊下のあいたには、三本めの短い廊下があって、新聞スタンドが置かれている。

何かが聞こえた。最初、その声は、デイヴの脳まで達しなかった。まわりの声より少し大きかったけれども、ほかの声とちがうところはなかった。デイヴはあやうくそれを聞きのがすところだった。ドアのそばの男たちに注意を集中していたからだ。彼女がくり返して言わなければ、無視していただろう。

「いたわ！　あそこ！　ほら！　あそこよ！　見て！」

そのときはじめて、その声がデイヴの脳に達した。デイヴは目を向け……当惑し……信じることができず……。

「あの人！　あそこ！　あそこにいるわ！　彼を捕まえて！」

8

どの少年の人生にも、池が存在する、あるいは、存在すべきである。理想を言えば、その池は、遠い、訪れる人もいない場所、大人たちの目に触れない場所にあるべきだ。水深が深いこと（飛び込みのため）、水が冷たいこと（夏の暑さのため）、葉の繁る高木に囲まれていること（のんびりした瞑想のため）が望まれる。

このうえなくすばらしい池はまた、少々の危険をはらんでいる。

デイヴの池は、比類ないぐらい完璧だ。それは、ひと続きの低い小山――耕作には向かない程度の険しさ――の先、浅い谷を下ったところにある。高いとうもろこしと風に揺れるトースト色の小麦のあいだを、自転車で五キロ進むと、小山に着く。さらに十五分、自転車を懸命に押して進めば、池のほとりだ。

池の幅は一キロちょっと、奥行きは七、八百メートルほどある。岸の大部分を、緑と茶色の蒲《がま》と、猫柳が取り囲んでいる。池の真ん中には、厚い板と五ガロンの錆びたドラム缶でできた、ちゃちで、ぐらぐらする筏《いかだ》……。一定の年齢の少年しか、そこを訪れることはない。

完璧だ。

デイヴがはじめてその聖域に案内されたのは、十歳になってからだった。それより幼い子どもは、池で歓迎されない。十五歳以上の大人になりかけの若者は、ほかの夏の娯楽を見つけるものとされている。池は少年たちのための場所で、永遠にそうであるはずだ。

大人たちが池を知らないわけではない。それどころか、男も女もひとり残らず、その存在を知っていて、自分の子どもに、そこへ行くことを禁じている。「あの池――あそこで泳いだら。破傷風にかかるぞ。おまけに、沼まむしがうじゃうじゃいて、底は流砂になってるんだ」

すげえ！　流砂だって！　それに、蛇も！　やったぜ！

もっとも、現実には、デイヴも、ほかの友だちも、窪地で青蛇を見たことしかない。流砂に関しては……まあ、もし誰かが流砂に飲み込まれたら、その話は百キロ先まで響き渡るだろうし、百年間は語り継がれるだろうと、少年たちは知っている。今のところ、そんな話か広まったことはないので、流砂の説は無視してよさそうだ。

ただ……。

ただ、池のいちばんの魅力は水深にあり、その深さときたら、半端ではない。少年たちがいくら頑張っても、底に届くまで深く潜れた者はいない。だから、流砂の存在（あるいは不在）は、証明できないのだ。もしかすると、ほんとうに危険なのかもしれない。もしかすると、池の底は恐ろしい泥でできていて、ねばねばした大だこみたいに、それが人間の脚をつかんで、悲鳴をあげたり脚をばたつかせたりしている人間を、下へ下へと引っ張って……。

あるいは、池の底には何かほかのものがいるのかもしれない。何か生きたものが。人間を捕まえて、跡形も残さない何かが。流砂のうわさのもととなるような、歯と食欲のある何かが。だが、現実には、それは巨大な……

……牙を持った川鱒《かわます》……

……あの映画のような烏賊《いか》……

……別の映画のような二枚貝……

……ギョリュウとかなんとかいう恐竜……

……五百歳のばかでかい嚙みつき亀……

となれば、少年たちが飛び込まないわけにはいかないではないか。それは、最も重要なことなのだ。当然やるべきことなのだ。それを我慢できる少年はいない。誰かが成功するだろう。そうに決まっている。いつか、誰かが成功する。そして、成功のあかつきには、そのあっぱれな少年は、何年ものあいだ、勇名を馳せることになる。

デイヴは飛び込みをする。ほかの少年たちは、膝を抱えて飛び込んだり、筏の縁を蹴って飛び込んだり、自殺者のように足からまっすぐ落ちたりする。デイヴは、本格的な飛び込みをする。練習のたまもので、完璧に跳躍し、体を二つ折りにしてから、その体をジャックナイフのようにまっすぐにのばして、水を切り裂き、深く、さらに深く進む。

ある日、デイヴは底へたどり着いた。

池の水は茶色で、濁っていて、どろどろしている。顔の先の手を見ることはできない。深く潜れば潜るほど、あたりは暗くなる。やがて、何も見えなくなり、ずっとずっと上方の鈍い青銅色の輝き以外、光はなくなる。

デイヴが底へ到達した日は、その青銅色さえなくなっていた。光が射し込む地点を越したのだ。暗闇を手探りするように下へ進みながら、誰よりも深いところまで達したんだ、誰も達したことのない領域へ入ったんだ、とデイヴは思った。そのことに満足し、もう引き返すべきだと承知しつつも、さらにひと掻きして、腕を前へのばした状態でまっすぐ下りる。手に何かが触れた。

ぬるぬる、どろどろしている。口から心臓が飛び出しそうになった。烏賊《いか》だ！　いや、ひもみたいだ。なんだろう？　草。底に生える草だ。とうとうやったぞ！　デイヴはその草に手をからませ、体を下へ引っ張った。気をつけないと、底はほんとうに流砂かもしれない。いや、ただの泥だ。草をぐいと引く。証拠が必要だ。誰もが望んでいたことを、デイヴィッド・エリオットがついにやったという証拠が。草は簡単に抜けた。

さて、上がろう。ここに長くいすぎた。空気を吸う必要がある。

水を蹴って、浮上する。デイヴは、図に乗って深く潜りすぎ、水中に長くいすぎた。無理をしたせいで、顔が燃えるように熱い。口が唾でいっぱいになる。ほんとうに空気が必要だ。水面はそんなに遠くないよな？

さらに力を込めて、長く水を掻く。だんだんつらくなってきた。鼻の奥に鋭い痛みを感じる。肺が苦しい。

青銅色の輝きが見えた。どんどん明るくなる。もう少しだ。ぼくの手にあるものを見たら、筏の上の連中はみんな、大騒ぎするぞ。赤い点々が、暗い水中のマッチの炎が、目の前で躍る。まぶしい。ものすごくまぶしい。もうすぐ、空気が……。

手が何かにぶつかった。もしひと掻きしようと手をのばさなかったら、頭がそれにぶち当たっただろう。いずれにしても、頭はぶつかったのだが、衝撃は強くなかった。そんなことはどうでもいい。問題は、今、空気が必要なことだ。今だ、お願い、神様、今欲しいんだ！　それなのに、何かがデイヴを押さえ、空気に近づけないようにし、冷たく暗い水の中に閉じ込め、溺死させせようとしている。真鍮の帯がデイヴの胸を締めつける。これほど苦しい思いをするのははじめてだ。今にも、口がひらき、水がどっと流れ込んで、肺を満たし、溺れてしまうかもしれない。自分を水中に、暗闇に引き留めて、空気を吸わせず命を奪おうとするものにあらがって、懸命にもがく。それは、悪意に満ちた敏捷な憎しみの化身で、デイヴの死を望んでおり、デイヴはそれから逃れることができず、口をあけて、叫び声をあげようと……。

それは、筏だった。デイヴは筏の下にいた。それを押しのけ、水面に勢いよく出て、デイヴはあえぐ。顔色はまっ青で、手には何も持っていない。


四十七歳になるまで、水面下のあの瞬間が、デイヴィッド・エリオットの知る最も大きな絶望感であり、最も大きな恐怖だった。肺に酸素がなくなった状態で、何かわけのわからないものによって水中に閉じ込められる以上に恐ろしく、暗黒に満ちた苦しみを、デイヴは想像できなかった。運命がこちらの肩に手を置いて、もう逃げられないとわかったときの、吐き気を催す、希望のない、寒々としたあの恐怖と比べれば、差し迫った死は影を薄くした。

しかし、その種の新事実を知るには適切でない四十七歳という年齢になって、デイヴはもっとたちの悪い絶望感の存在を発見した。それを発見したのは、ヘレンが、妻が、心から愛そうと努めた女性が、こちらを指して、こう叫んだときだ。「あの人!

あそこ！　あそこにいるわ！　彼を捕まえて！」

第三章　食べられない玉葱《たまねぎ》

1

あとで、デイヴの短気な内なる声は、デイヴがまちがいなくランサムの望みどおりにふるまったことを、口やかましくののしるだろう。

ヘレンが裏切ったという衝撃に、デイヴは立ちすくんだ。衝撃に対処することも、動くこともできなかった。銃を携行した男たちに囲まれて、ロビーの丈の高い窓のそばに立つ妻を見て、デイヴは自分の目が信じられなかった。ヘレンがこちらを見て、こちらを指さし、ランサムの訓練された殺し屋たちの視線をこちらへ向けようとしている。想像もできないことだ。デイヴの心は、目に映ったものを拒否した。ヘレンがこんなことをするわけがない。蛇に射すくめられた兎《うさぎ》のように、デイヴの体は麻痺《まひ》していた。

次に起こったことをデイヴが思い出すとき、それはぼやけた映像でしかないはずだ。後ろから、いくつもの肩がデイヴを押した。鼻にかかった声が文句を言う。「あんた、前へ進んでくれよ」ランサムの手下たちは、いらついたニューヨークっ子たちの流れに逆らって、人込みをかき分けていた。誰かがデイヴの背中を強くたたいて、「おい、おっさん、俺たちゃここから出なけりゃならないんだ」

デイヴは自分の肉体に救われた。そのことに、心はなんの関わりも持っていなかった。激しい痛みが、デイヴの上腹部を襲った。デイヴはあえいだ。押し合いへし合いのなかで、体を折り曲げることも、向きを変えることもできない。胃の中身が上昇を始めた。吐き気を覚え、むせり、水気のある長い音を漏らす。

「どうかしたのか、旦那？」

口から、鼻から、反吐が飛び散った。誰かが甲高い声をあげる。「きゃあ、やだっ！」人々がデイヴからさっと離れた。デイヴのすぐ近くにいる人々が、叫び声をあげて、吐瀉物《としゃぶつ》から逃れようとし、出口に近い人々が前へぐいぐい押される。

悲鳴があがった。ニューヨークっ子は、悲鳴があがったら、逃げるべきだと心得ている。急いで逃げ出せ。

ロビーの群衆は、封鎖された出口へ殺到した。回転ドアの横にある丈の高い板ガラスの窓が、外側へ砕けた。男が苦痛の叫び声をあげる。また別の窓が割れた。ガラスの破片が落ちるなか、人々が通りめざして突進する。ランサムの手下たちは、押し戻された。手下のひとりが、わめき声をあげながら倒れる。わめき声は哀れっぽい声に変化して、すぐに聞こえなくなった。

デイヴはよろめきながら人込みを離れ、エレベーターのある廊下へ入った。

数秒ほどして、気がついてみると、デイヴはぼうっとした状態で、震えており、しかも、一階ではないところにいた。どこにいるのかも、どうやってそこへ着いたのかも、よくわからなかった。エレベーターは全基、ドアをあけたまま止められ、運転の再開を待っていたはずだ。それぞれのエレベーターは、建築法規に従って、天井に落とし戸がついている。それをあけるには、四個の蝶ねじを回すだけでいい。たぶん

——よくはわからないが——デイヴは——どうにかして……？

〈映画とおんなじだよ、相棒。ターザンばりじゃないか〉

そんなこと、していない。

〈したんだよ。服についた油やべとべとを見るといい〉

麻痺感は消え始めていた。デイヴは身を屈めて、両膝に手を置き、無理に何度も深呼吸をした。なんてことだ！　ひどかった。最悪だった。この前、あんなふうに身動きできなくなったのは……。

〈そのことは考えるな！〉

ヘレン！　なぜ？　どうやって？　何が……。

〈そのことも考えるな。ほかのことを考えるんだ。例えば、口のなかでやけにまずい味がすることなんかを〉

水が一杯欲しい。欲しくてたまらない。ついでに石鹼とタオルがあれば、なおありがたい。

ぼんやりとまわりに目をやった。どうやらここは……どこだ？……見覚えのない場所だが……

二階。そうに決まっている。

二階には何があったろう？　ニューヨークのオフィスビルの二階にあるものといえば、なんだ？　パーク街の高層ビルの大部分には、そもそも二階がない。大理石とモダンな彫刻に囲まれたロビーが、二階、あるいは三階までのびているのだ。そして、二階のある数少ないビルに関して言えば、二階はビル内で最も望ましくないオフィス・スペースだろう。なにしろ、目の高さにバスの屋根が来るし、ニューヨークの街の喧噪のすぐ上だし、眺めのない汚れた窓と付き合わなければならないのだから。二階は、どの家主にとっても悩みの種の、借手がない場所だった。

デイヴの経験から言うと、真の実業家は二階にオフィスを持たない。かならずもっと上の階に巣を作る。二階に住所を持って、自慢に思う者はいない。少なくとも、何か非常に変わった試みをしているとか、ニューヨークの一般的なビジネスの慣習にまったく無知だとかいうのでなければ……。〈ダッ、ダッ、ダッ、ダッ。あなたは、別の次元を旅している。……〉

突然、デイヴは我に返った。この階には来たことがあった。ニューヨークの家主は、二階を短期の貸しスペースとして使う。ある種のホテルの部屋みたいに、一時間とか二時間、あるいは一日とか二日といった単位で、オフィスの必要な人に(理由はなんであれ)貸すのだ。そうでなければ、二階にランチョンクラブ——上階のえり抜きの住人だけが会員となって使用できる非公開のレストラン——を作る。料理は並で、ワインはやけに高いものの、地方から来た顧客に感銘を与えたいときに、まあまあのサービスと便利なプライバシーが確保できた(「スージーに頼んで、クラブにランチの予約を取っておいたよ。……」)。

センテレックス社のすべての役員と同様、デイヴもビル内のクラブの会員となっている。ここ数年、そこを使ったことはなかった。家主がそこをなんと呼んでいるのかさえ、はっきり思い出せない。イギリスに関連した名前だった。かならず、イギリスに関連した名前を付けるものなのだ。チャーチル・クラブ？　ウィンザー・クラブ？　それとも、議事堂クラブ？

それはいいとして、クラブには水があるはずだし、洗面所もあるだろう。デイヴはどうしても洗面所を使いたかった。石鹼があって、温水が出る洗面所を。

エレベーター・ホールを出て、左へ曲がる。廊下には、暗い緋色の模様の入った壁紙が貼られ、亡くなった首相たちの肖像画が、金の額に収められて掛かっていた。ひとり残らず保守党員だった。

〈そう、ここは〝首相クラブ〟さ〉

入口のドアは厚く、重そうで、化粧板が、チューダー王朝の古びて趣のある樫をうそっぽく再現していた。目の高さに、小さな飾り板が打ちつけられている。〝メンバー及びゲスト専用〟

ドアをあけると、そこはビロードで囲まれた控えの間で、死んだイギリスの政治家たちの肖像画がさらに掛かっていた。左手には支配人用の受付台があり、革製本の予約簿と真鍮のインク壺——〈羽根ペンもあって、完璧だぜ〉——が見える。華美な金色のタッセル付きの、どっしりとしたフラシ天のカーテンが、控えの間とレストランを上品に分けていた。

〈トイレは、レストランの奥だ〉

食堂は大きく、照明で明るかった。テーブルはまっ白なリンネルで覆われ、その上にぴかぴかした銀器が置かれている。真ん中のテーブルに、入口のほうを向き、半分空になったオレンジジュースのグラスを左手のそばに置いて、ランサムが座っていた。右手は拳銃を握り、デイヴの胸にまっすぐ狙いを付けている。顔は、あいかわらず無表情だ。何も言わずに、ランサムはただ引金を引いた。

2

撃針がパチッと鳴った。消音装置の付いた銃口から、ひと筋の煙が上がる。ランサムの片目の下のあざ——デイヴの靴の置きみやげ——が、赤くなった。かすかないらだちが、顔をよぎる。ランサムは遊底を引いて薬室へ次の弾を送り込もうと、左手をテーブルから上げた。そのときすでに、デイヴは自分の拳銃を抜いていた。ランサムが左手をテーブルへ戻す。

ふたりは無言でたがいを見つめた。デイヴは、自分の顔にうっすらと笑みが浮かぶのを感じた。ランサムの表情は変わらない。

ランサムが先に口を開いた。「エリオットさん、あんたはまさに、めずらしい羽を持った鳥だな。あんたをだんだん好きになってきたよ」

「失礼なことは言いたくないが、わたしの気持ちはまったく反対だ」

「エリオットさん、あんたのことはほんとうに気の毒に思ってる」

「ありがとう」デイヴは手に持った拳銃で、小さく合図をした。「ところで、そのハジキを離してくれるとありがたいな。指から自然にすべり落とすだけでいい。それから……」

デイヴの手にあるのとそっくり同じ型の拳銃が、カーペットの上に落ちた。デイヴが思考をまとめるより早く、ランサムが言う。「蹴飛ばすんだろ、エリオットさん？それが伝統的なやりかただし、俺は、少なくとも、伝統の価値を認める人間だ」靴の先で蹴った。拳銃が三メートルほど前方へすべった。ランサムが言葉を継ぐ。「単なる好奇心から聞きたいんだが、弾倉の弾全部に細工をしたのかい？」

「最初のだけだ。ちゃんとした道具を使わないと、銃身から弾を取り出して、弾薬をきれいに掃除するには、そうとう時間がかかるぞ」

「よくわかってるさ」ランサムはすっかりくつろいで、知人と礼儀正しい会話をする物静かな男といった趣だった。「でも、けさの俺たちの仲のよさからすると、今度、残りの弾丸も調べておいたほうが賢明だろうな」

〈こいつ、すごい自制心の持ち主だな。世界一冷静な男だよ、きっと〉「どうして、今度があると思うんだね？」

ランサムは、みぞおちに狙いをつけているデイヴの拳銃の銃口を見て、片方の眉を上げた。首を横に振る。「あんたにはできないよ。ああ、もちろん、戦いで熱くなってるときなら、あんたは人を殺せる。それは、この目で見た。しかし、平然と人を殺すことができるかな？　無理だと思うね」

ランサムがさりげなくテーブル・ナイフをもてあそび始めた。ポーカーフェイスをしているが、瞳孔が広がっている。首の筋肉が緊張した。いつでも動き出せる態勢だ。

「いや、エリオットさん、あんたは俺を撃てない」

デイヴは撃った。

消音装置付きの拳銃が、げんこつで枕を殴ったときのような、くぐもった音を立てた。ランサムがうめき声をあげる。鼠径《そけい》部のすぐ下、血が噴き出している太腿をつかんで、「ちくしょう、よくも俺を撃ったな、この人でなしの冷血漢め！」

デイヴは彼を無視した。まだ引金を引く動作が終わらないうちに、床へ体を投げる。一回、二回、三回、左へ転がりながら、ランサムの掩護者を探した。

いた。

狙いをつけ、呼吸をし、引金を絞る。げんこつで枕を殴る音が一発。二発。三発。ものすごく静かな音だ。掩護の男の顔が、赤い雨のなかに消えた。男には、銃を持ち上げる暇さえなかった。

「殺してやるぞ、こんちくしょうめ。俺を撃ちやがって！」

「黙れ。赤ん坊みたいだぞ」デイヴはもう一回転がり、ランサムのほうへ拳銃を向けた。

「くそくらえだ、このげす野郎！」ランサムは体を折り曲げ、両手で傷を押さえていた。頭をそらせて、唇をゆがめている。白目をむいた顔は、怒り狂ったドーベルマンのようだった。

デイヴは不快感もあらわに、口から息をふっと出した。「いいかげんにしろ、ランサム。かすり傷じゃないか。肉を一ミリ以上傷つけたかどうかもあやしいぞ。もし、わたしが本気できみを傷つけたかったら、そうできたことはわかっているはずだ」

「ちくしょう、ちくしょう、ちくしょう、よくも撃ってくれたな！」

三つのテーブル——ランサムのを入れれば、四つ——に、朝食の用意がしてあった。デイヴが爆弾の予告電話を入れたとき、誰かが朝食付きの会議を開いていたのだ。デイヴはテーブルから大コップをつかむと、なかの氷水をランサムの顔にかけた。「ランサム、テーブルナプキンを取って、太腿に当てて、口をつぐめ。そうぎゃあぎゃあ言っていると、傷がもとで死ぬ前に、心臓発作で死ぬぞ」

氷水で、ランサムの髪が頭皮に貼り付いた。細い流れが、頰を伝い落ちる。顔に浮かんだ表情を見て、デイヴは身震いした。死ぬ直前の、マリンズ曹長の顔だった。低く、猛烈に冷たい声で、ランサムが言葉を吐き出す。「エリオット、このしらみ野郎、あやうくタマが吹っ飛ぶところだったぞ」

「ゲームには危険が付き物さ。それに、二〇一号ファイルを読んだと言ったじゃないか。なら、わたしの射撃の点数を知っていてしかるべきだ」

「この礼に、あんたを殺してやるからな」

デイヴは憤然とため息をついた。「たまには目新しいことを言ったらどうだ」

「ただ殺すだけじゃないぞ、まぬけ。とびきり痛くて、とびきり長引くやりかたを選んでやる」

「わたしたちの関係をはっきりさせてくれて、礼を言うよ。ところで、ぼけっと座ったまま、そこいらに血を垂れ流すのはやめてくれ。傷口に氷を当ててるんだ。そうすれば、痛みが収まるだろうし、出血も少なくなる」

ランサムが吠えるような声を出し、口をすぼめて、冷水の入ったグラスから氷を取り出そうと、体を回す。彼が後ろを向いたすきに、デイヴは拳銃でランサムの後頭部を殴った。ランサムはテーブルに突っ伏し、ゆっくりと床へすべっていった。

時計のひと休み。時間が完全に止まる。デイヴは、弾丸の込めてある拳銃（久しぶりだな、懐かしの友よ）を手に持っていた。彼の敵は、足もとで意識を失っている。悪意はまったくなく、単なる好奇心から。デイヴは銃口をランサムの頭の付け根へ向けた。その動作は気持ちよく、心が休まった。撃鉄を起こす。さらに気分がよくなった。

やるのは、至極簡単だろう。

むずかしいことではなく、簡単なことが、おまえを破滅させるのだ。

二十五年前、デイヴィッド・エリオットは、完全に正気とは言えない状態で、恐怖の真っ只中に立ち、二度と、けっして、怒りに駆られて引金は引かないと、神に誓った。わたしは、二度と誰も傷つけません。怒りに任せて行動することも、暴力をふるうことも、けっしてしません。ああ、神よ、わたしはもう戦わない……。

なのに、きょう、まだ午前も終わらないうちに、デイヴはふたりの男を殺していた。それは簡単なことだった――かつてと同じように簡単なことだった――し、まったく反射的な行為だった。何かを感じることもなかった。

だが、今、拳銃を握り、価値ある標的を照準にとらえているこの瞬間、デイヴは何かを――やり遂げたという気持ち、自分の技量を完璧に発揮した人間の心地よさを――感じていた。みずからの手でふたりの男を殺し、指に火薬のにおいを付けた自分が、気持ちよく、かなり気持ちよく感じられる危険に、一分ごとにより気持ちよくなっていく危険に、大いにさらされていることは承知していた。

二度としない、とデイヴは胸の内でつぶやいた。けっして。以前、彼はもう少しで破滅しそうになった。もう少しで彼らが勝ちそうになった。今、また同じ状況になりつつある。もし、デイヴがそれを許せば……。しかし、かつて彼らに望まれた種類の人間に戻るつもりはなかったし、戻るわけにはいかなかった。

ランサムは、その反対を期待している。ランサムとその仲間たちは。彼らは、デイヴが何をするか知っているつもりでいるのだ。民間人の人質をひとりかふたり取る、待ち伏せ攻撃をする、死者の数を増やす、銃撃戦を始める、銃を撃ちながらビルからの脱出を試みる……。

デイヴは冷たい笑みを浮かべた。ランサムの頭に向けた銃口を上げて、安全装置を掛け、撃鉄を戻し、拳銃をそっとベルトに差す。相手には聞こえないとわかっていたが、それでも、ランサムに話しかけた。「何人の部下に出口を見張らせているんだい、相棒？　二十人？　三十人？　もっとかい？　何人いようが、わたしはそいつらの前を通ったりしないよ」破れて、グリースのこびりついたズボンに目をやる。「こんな人目につく恰好をしていちゃな。まったく、この恰好を見たら、連中は躊躇することなく撃ってくるだろう。でも、わたしは脱出してみせるよ、ランサム。これは、当てにしてくれていい。それに、きみの方法でなく、わたしの方法で脱出することも、当てにしてくれていい。それ以外の方法を取るぐらいなら、自分で自分の頭を撃ったほうがましだ」

3

暗く、暖かく、居心地がよく、しかも安全な場所だった。近くでは、機械が、心を落ち着かせる低いうなりをあげている。空気は少しくさいものの、悪くはなかった。デイヴは横向きに横たわり、気持ちよく体を丸めていた。満腹で、ひと眠りしたい気分だった。ここが気に入っていた。

〈いつだって、子宮へ這い戻りたいと思ってるんだろ、相棒？〉

完璧な隠れ場所。デイヴはそこを見つけて喜んだのと同時に、少し驚きもした。センテレックス社は、とうの昔に、経営情報システム部を郊外のニュージャージーへ移している。ウォール街の証券会社も含めて、ニューヨークのほかの会社もすべて同様の措置を講じていると、デイヴは思っていた。マンハッタンの家賃は、コンピューターのハードウェアを置いておくには高すぎる。それに、プログラマーというのは繊細な神経を持つ人種で、都会生活の重圧から切り離したほうが、生産性が高くなるのだ。

しかしながら、少なくともニューヨークのひとつの会社は、いまだにコンピューターを移転させていなかった。その会社は、アメリカン・インターダイン・ワールドワイド社の子会社だった。一九八〇年代最後のジャンク債の大量発行の犯人のひとりであるアメリカン・インターダイン社は、破産裁判所の、そして特に、耄碌《もうろく》した連邦裁判所判事の保護によって運営されている。おそらく、だからこそ、家賃のばか高いパーク街の高層オフィスビルの十二階に、コンピューターを設置しておけるのだろう。

〈それにしても、ここはいくらで借りられるんだい？　一平方メートル当たり五百ドル前後か〉

アメリカン・インターダイン社のコンピューター室は、大昔の様式のままだった。重くて頑丈なメインフレームコンピューター本体、ブンブンうなりをあげる周辺装置、ちかちか点滅する制御卓……。ほかの会社では、巨大化した集中システムを取り壊し、千五百万ドルするＩＢＭの頑固な巨獣群のかわりに、すらりとしたワークステーションと高速のクライアント／サーバー・ネットワークを導入しつつある。アメリカン・インターダイン社は、そうではなかった。社のシステム部はフロア全体に広がり、フロアの四分の一は、デイヴも含めて大方の企業役員が恐竜を想像する、図体の大きな本体に占領されていた。

もっとも、デイヴはそれを見てうれしくなった。この怪物の最もいい点は、度を越した複雑さにある、とデイヴは思った。甘やかされた巨人には、絶え間なく世話をし、食事を与える必要がある。世話係として、高給取りの技術者がたくさん雇われる。特注の動力システム。強力な空調装置。ずらりと並ぶ周辺装置。特殊な監視制御装置。

それに、ワイヤー。

〈たくさんのワイヤー。想像を絶するほどたくさんのワイヤーがあるんだ。大きな本体設備は、どっさりワイヤーを使う。そして、単に配線をして、あとは知らんふりというわけにはいかない。とんでもない。常にケーブルをいじくって、ポートを、プラグを、インターフェイスをつなぎ直す必要がある。ああ、そう、ダイレクト・アクセス記憶装置は本体に接続され、本体はフロントエンドに接続され、フロントエンドはマルチプレクサーに接続され……さあ、神の声を聞け！〉

つまり、床が持ち上がっているということだ。アメリカン・インターダイン社のコンピューター室は、すべての巨大本体の使用者たちのそれと同じく、持ち上がった床の上にあった。ワイヤーやケーブルは、その下をくねくねと走っている。床はタイル張りで、頻繁にある配線部品の交換のため、担当者があけられるようになっていた。

暗く、暖かく、居心地がいい。床下は、まことに安らかな場所だった。

デイヴは安らかさを必要としていた。首相クラブを出てから二度、ニューヨーク警察爆発物処理班のメンバーと、もう少しで出くわしそうになった。もし、彼らに見られていたら……鉤裂きのできたきたない服を着て、反吐のにおいを漂わせ、盗んだ食べ物と必要品を腕いっぱいにかかえ、しかも、不法きわまりない拳銃二挺をベルトに差した姿を見られていたら……。

〈説明して、解放してもらうのが、ちょっと面倒だったろうよ、相棒。ことに、その

拳銃の説明がな〉

拳銃はオートマチックだった。一挺はカールーチ、もう一挺はランサムの掩護者が持っていたものだ。どちらも同じメーカーの同じモデルだが、どのメーカーのなんというモデルなのか、デイヴにはわからなかった。どちらにも、メーカーの刻印や通し番号はない。軽量のポリマーファイバー製で、一般的な消音装置、レーザー照準器、それに、装弾数二十一発のスタガード・クリップが装着されていた。

この弾には、考えさせられた。トーピードー・ユニバーサル弾と呼ばれるもので、デイヴはそれの拳銃版が製造されているのを知らなかった。弾丸は狩猟向きで、きのこが傘をひらくように体内で飛び散って、獲物の心臓を切り裂く。人が胴体にその弾丸を一発撃ち込まれたら、一瞬後には死んでいるだろう。弾がかすっただけでも、動けなくなるはずだ。

拳銃の安全レバーのすぐ上に、少し引っ込んだ形のスライドがあった。どうやら、このスライドを前に押すと、拳銃が完全なオートマチック方式に変わって、携帯用マシンガンのできあがりとなるようだ。

〈室内掃除機だな。おまえさんがかつて使っていた、ワーベル・サイオニクス消音器付きイングラムＭＡＣほどではないが、十分邪悪な武器だ。八・四グラムの・三八オート弾。初速は音速より少し遅いだけだから、最高の消音ができる。四十キログラムメートル強の力で、敵に一撃を食わせる。痛っ〉

民間人がこんな拳銃を持っていて当局に捕まったら、痛いではすまされない。こんな銃を想像することさえ、銃規制法《サリヴァン》に違反するのではないだろうか、とデイヴは思った。

〈となると、やつらがどこの人間かという点について、いくつか疑問が出てくるな。それに、やつらの背後にいる人間についても……〉

安全な床の下で、ゴムで被覆された二二番ワイヤーの心地よいかたまりを枕にして、デイヴは仮眠をとろうとした。議論好きな守護天使が、それをじゃまする。話題は、もちろん、ヘレンのことだ。なぜヘレンはランサムの手下たちのかたわらにいたのか？　連中はヘレンをどう言いくるめて、夫の敵に回るような行動をとらせたのか？

デイヴは、彼女が故意に夫を裏切ったのではないと思った。おそらく、ランサムの手下たちが彼女に何かひどいうそを〈あるいは、もっと悪いことに、何かひどい真実を〉と、内なる声が警告する）吹き込んで、こちらを見つける手伝いをさせたのだ。

どんなうそだろう？　デイヴは自問した。〈どんな真実かな？〉天使が言い返す。

どちらの答えもわからなかった。それに、ヘレンの行動に関して、かわりの説明を追究する気にも――今のところは、あまり――なれなかった。〈たぶん、彼女は向こうの味方なんだよ。彼女も、ほかのみんなと同じように、おまえさんに死んでもらいたいんだろう〉

ばかばかしい。わたしは、この結婚生活を成功させるために、五年間懸命に努力してきたんだぞ。

〈彼女のほうは、どれぐらい努力した？〉

うるさい！　こんな話はしたくない！

〈自分自身と議論して、しかもその議論に負けてるんじゃ……〉

デイヴはうなり声をあげてから、もっと楽な姿勢を取ろうと、体を転がした。そのさいに、ランサムの掩護者の死体から現金六十七ドルといっしょに奪った無線機が、すべり落ちた。それを拾って、耳のそばに置く。ボリュームは小さくしてあった。遅かれ早かれ、アメリカン・インターダイン社のシステム部員たちが、コンピューター室に戻ってくる。彼らに、おかしな音――〝トランシーバーの音みたいだぞ、フランク〟――の音源を探されてはたまらない。

会話が進行中だった。「……ケチャップ・サンドイッチを落として、それを床一面にこすりつけたみたいだった。ニューヨーク市民の半数が、あの男の顔を踏んづけたにちがいないよ」

ほかの声が言う。「うへー、気持ち悪い。いやな話だな。誰かドナ……コマドリに連絡して、ここをどうするか指示してもらうべきだよ」

「だめだ。コマドリは自分の無線機を切ってる。向こうから話してこないかぎり、こっちから話しかけることはできない」

「おい、警察が人をビルへ戻し始めたぞ。俺たちがどういう行動をとるべきなのかは知らんが、とっととここをずらかったほうがいいな」

「命令がなければ、だめだ」

「命令なんぞ、くそくらえだ。それに、コマドリとウズラだけが、この楽しい出来事がなんなのかを知ってることも、気にくわない。なあ、つまり、俺たちはその男の命を頂戴することになってるんだよな？　たいしたことじゃない、と連中は言う。いつもどおりの給料をもらうための、いつもどおりの仕事だ。軽いもんだ、とな。だがな、おい、たいしたことじゃないんなら、なんで俺たちに詳しい内容を教えちゃくれないんだ。俺たちだって、みんな、秘密事項取扱許可やら何やらを持ってるんだぞ。なのにコマドリは、だめ、だめ、質問は受けない、だ。ちくしょう、ばか言うんじゃねえ。

俺の考えを教えてやろうか？　思うに、俺たちが追ってるこの男は、誰かについて何か知ってる。要するに、どっかのお偉いさんに関するやばいことを知ってるんだ。そして、そのお偉いさんが誰にせよ……」

「やめろ！」デイヴはその声を知っていた。ウズラの声だ。

「いや、おい、聞くん……」

「気を静めろ、ムシクイ。それに、わたしに向かって、〝おい〟とはなんだ？」

〈うーん。どうやらウズラは、ランサムと同様にきびしい男のようだ〉

ムシクイは皮肉たっぷりに言った。「ああ、失礼しました、サー」

「ムシクイ、もし命令系統に不満があるのなら、相談相手はこのわたしだ。それから、もしきみたちのなかに、任務に不満のある者がいたら、わたしが喜んで個別の話し合いに応じる。そうでなければ、自分のすべきことはわかっているはずだし、知っている必要のあることはそれだけだ。わたしの話を、理解してもらえたかね、諸君？」

〈副官だ。ウズラは、ランサムの副官なんだ〉

誰かが、ぼそぼそと言った。「わかりやした」

「きみ、よく聞こえなかったんだがね」

「失礼しました、サー。わかりましたと言ったであります」

「チャンネルをあけろ」ランサムの声だった。冷静な声だが、以前ほどの冷静さは感じられない。「こちら、コマドリ。われらが友人は、また別の無線機を手に入れた」

「くそ、ふざけた……」

「俺は、チャンネルをあけろと言ったんだ。忘れたんなら教えてやるが、その意味は、口にチャックをしろということだ」

〈ちょっとご機嫌斜めだな〉

「要点その一。ただちに、暗号を変える。俺の合図とともに、シロホン・デルタ・ナイナーへ移るように。要点その二。全員すぐに、割り当てられた持ち場へ戻れ。要点その三。個人用に救急用品を用意してくれ。要点その四。二階のレストランに、清掃班が必要だ。死体袋も要るだろう」

「やつを捕まえたのか、コマドリ?」

「いや。袋はウグイスのためだ」

「うーっ、ちくしょう……」

「チャックをしろ!」カチッという音が、デイヴの耳に届いた。ランサムが深く息を吸って、吐き出す。煙草に火をつけたのだ。〈ふむ、誰にでもちょっとした悪習はあるもんだな〉

「エリオットさん、これを聞いてるはずだ。俺は今すぐ、一方的休戦を告げる」

〈マーク・トウェイン風に言うと、われらが友人は、少々真実を節約してるんじゃないかな〉

「くり返す、休戦だ、エリオットさん。俺たちはみんな、持ち場へ戻り、軽い休憩をとる。前に約束したように、俺は上役たちに現状を伝えて、話し合いによる解決を認めるよう頼んでみる。そのあいだ、部下たちは持ち場で監視を続ける。あんたも、だいたい同じようなことをするんだろう。出入口という出入口を監視してるんだから、そうするのが唯一合理的な行動だよ」

ランサムが間をおいて、返答を待つ。「返事をしてくれるとありがたいな、エリオットさん」

デイヴは無線機の送信ボタンを押し、小声で言った。「聞こえているよ、コマドリ」

「ありがとう。もうひとつ、言っておこう。このレストランの経営者に指示して、在庫品の確認をさせるつもりだ。もし、多量の胡椒《こしょう》がなくなってたりしたら、先ほどの俺の命令はそれ相応に変更するからな」

デイヴの足のそばに、胡椒の袋が三つ置いてあった。レストランで給仕に、「胡椒をお挽きしましょうか?」と尋ねられるたびに、デイヴはいつも、うさんくさく思っていた。ニューヨークという街の性格からして、あの巨大な木製胡椒挽きに本物の胡椒の実が入っているとは思えなかったのだ。あれは、料金に見合ったものを得ていると客に信じ込ませるために設計されたおおげさな容器にすぎない、そう踏んでいた。首相クラブの厨房でデイヴが見たのは、分解されて一列に並べられた〝胡椒挽き〟と、じょうご一本、それに、すでに挽いてある胡椒の袋三つだった。ニューヨークへようこそ。

「つまりだ、エリオットさん、それを犬のために撒いて、時間を無駄にしなくてもいいってことさ」

〈がっかりだな。胡椒をたんと嗅がせると、犬どもは凶暴になって、飼い主に歯向かうようになるのに〉

「よし、みんな。シロホン・デルタ・ナイナーへ移れ。今すぐにだ」

ランサムとその部下たちが暗号変更を行なうと同時に、無線機からは何も聞こえなくなるものと、デイヴは予想していた。しかし、一瞬後、ランサムの声が話を続けた。

「もうひとつ、言っておくことがあるんだ、エリオットさん。部下たちは聞いてないから、内々で話ができる。あんたは、元将校だ。指揮官が部下の前で何を話せて何を話せないか、わかってるだろ」

「聞こえているよ、コマドリ」

ランサムが息を吸い、それから、ふうっと、長く、ゆっくり、吐き出した。煙草を深々と吸ったにちがいない。「オーケイ。話そう。ここで我を忘れたことを、謝りたいんだよ、エリオットさん。俺は、簡単に落ち着きを失ったりはしない。だが、股ぐらから血が流れてるのを見て、てっきり大事なものを取られちまったと思った。だから、あんなふるまいをしたんだ。正直言って、申しわけなかった。自分が礼を失したことはわかってるし、あんたがああするしかなかったこともわかってる。あんたはクロイター大佐の部下だった。俺と同じように、大佐から規則を教わったはずだ。ひとりだけの楽隊はないし、単独のパイロットはいない。ローン・レンジャーにさえ、忠実な先住民の相棒がいる。あんたは、それを知ってた。俺に掩護者がいることを、知ってた。そして、すべきことをして、それに対処した。俺のとった言動を、許してほしい。心から、そう願っている。ああいった出来事がくり返されることはないと約束する」

〈悪くないな。心理戦争の教本に書いてあるとおりにやってる。信頼でき、誠実で、分別がある――完璧な精神病質者にしちゃ、ランサムはほとんどいいやつみたいに聞こえるぜ〉

「エリオットさん？　聞いてるのか、エリオットさん？」

「聞こえているよ、コマドリ」

「通信終了」無線機が黙り込んだ。ランサムが暗号を変えたのだ。

デイヴはワイヤーに頭を戻し、楽な姿勢をとった。げっぷをする。首相クラブから持ってきた食べ物は、これまで食べたどんなものよりもうまかった。だが、それは驚くようなことではなかった。軍隊の法則その一にあるように、〝盗んだ食べ物はいちばんうまい〟のだ。

〈「鶏をいただけるときは、かならずいただいとけ。自分で要らなくても、欲しがってる人間を簡単に見つけられるし、いい行ないってのは、覚えててもらえるからな」ハックルベリー・フィンはそう言ったよ〉

そして、軍隊の法則その二は、こうだ。〝銃撃が終わったときは、昼寝どき〟

あっという間に、デイヴィッド・エリオットは眠りに落ちた。

4

ツイードの上着は、プロにふさわしい外見を教官に与えている。平均的な身長なのに、彼の見た目は実際よりも高い。鼻がやや上向きになる感じに頭を上げているのが、背丈の錯覚を助長している。髪は少し長めだけれど、きちんと整髪され、六〇年代後半の流行の髪形だ。それでも、軍隊の散髪屋で刈ってもらった短髪だらけの部屋で、その髪形はやや場ちがいに見える。

　教官は、強いニューイングランドなまりで話をした。ケネディ一族が話すような、アイルランドの中産階級のなまりではなく、もっと貴族的ななまりだ。「こんにちは《グッド・アフタヌーン》、諸君」エリオット中尉とクラスの仲間たち――全部でたった十二人――は、午前中、施設を見学して過ごした。ここの施設は、フォートブラッグよりもずっと進んでいる。

「わたしは、ロバート。ロブと呼んでくれて結構だ。これからきみたちがここで会うすべての人間と同様、わたしも、名で呼ばれるほうを好む。苗字に関しては、どうやら、われわれはみんな、ちょっとした健忘症にかかっているようだ」

　クラスの者たちが、訳知り顔でくすくす笑う。

「このキャンプPで受ける訓練に、きみたちはきっと驚くだろう。この訓練所の目的は、きみたちがすでに学んだことのさらなる追求ではない。きみたちは、軍隊のすばらしい技術を身につけているはずだ。そうでなければ、ここにいないだろう。われわれがここで教えるのは、別の技術だ。この技術には、ふたつの面がある。きみたちがおそらく知りたがっているのは、われわれの持つ技術の外側の面——めずらしい武器とか、邪悪な装置とか、巧妙な仕掛けとか、その他、破壊分子や危険人物や暗殺者に必要な残虐なわざだろう。もちろん、そういったことも教える。しかし、今すぐにではない。まず、われわれが焦点を合わせるのは、第二の面、つまり、心理的な面、内側の面、心の面だ。結局のところ、諸君、ゲームが行なわれるのは心のなかであり、勝敗が決まるのは心のなかなんだ。わたしの言っていること、わかるかな？」

数人がうなずく。デイヴの後ろの海兵隊将校が声を張りあげた。「イエス、サー！」

「〝サー〟という言葉は忘れたほうがいい。われわれは、ここでは平等な仲間だ。さて、はじめに、諸君は、よきアメリカ人として、チーム・スポーツを高く評価する文化に育った。みんな、数多くの試合を見に行って、地元のチームを盛んに応援したことだろう。きみたち自身、グラウンドに出た経験があり、誰もがいいチーム・プレーヤーだったにちがいない。ひょっとすると、一度や二度はスポーツの栄光を手にしたことさえあるかもしれないな。もしそうなら、きみたちは当然、それを誇る資格がある。なぜなら、チーム・スポーツは名誉あるものだからだ。だが、悲しいかな、それはまた、原始的な単純さと構造を持つものでもある。考えてみたまえ。グラウンドにはふた組のゴールポストがあるだけ。チームは敵サイド・味方サイドのふたつだけ。

ゲームは、審判・プレーヤーの双方に知られかつ尊重されているたった一冊の単純なルールブックに支配されて、決められた時間内に行なわれる。世の中には、スポーツは戦争の象徴であり、戦争はスポーツの象徴であると言う者がいる。あいにく、これは真実ではない。そんなふうに思うのは、アメリカ人共通の誤解だがね。これからの短い期間に、わたしはきみたちのこの不幸なまちがいを正したいと思っている。なぜかと言えば、戦争は、ことに諸君が赴こうとしているような戦争は、敵サイド・味方サイド以外にもサイドがあり、参加チームもふた組だけではないからだ。ルールも、ひとつではない。きみたちが学ぼうとしているゲームは、玉葱《たまねぎ》みたいに層を成しているんだ。一枚皮を剝けば、次の皮が待っている。その皮を剝いても、また次がある。玉葱の中心の秘密をつかみたいと思う人間はだな、諸君、痛烈な失望を味わうことになる。なぜなら、中心まで皮を剝いたとき、手には何も残っていないからだ。その真実を知った心は、不安定きわまりなくなる。それに対する覚悟をきみたちにつけさせるのが、わたしの使命だ。物事の表面下を見る方法を、玉葱にいくつの層があるのかを推測する方法を、そして、玉葱の精髄がその層にあると認識する方法を、わたしはきみたちに教えたい。これはいささか急を要することなのだ、諸君。なぜならば、ひとたび訓練所を卒業して、この世の地獄へ送り込まれたら、きみたちはすぐ、ゲームの表面下では別のゲームが行なわれていて、その下にはまた別のゲームが存在することを発見するからだ。そして、そのルールはだな、諸君、ああ、どのルールもみんな、それは、それは、きみたちの常識とかけ離れていることだろう」

マンバ・ジャック・クロイターは、着任して三週間の未熟な中尉を、非武装地帯を横断しての暗殺任務の責任者として送り込むほど愚かな人物ではない。デイヴ・エリオットは、まだ大佐の小屋にいるあいだに、これだけの結論を導き出した。要するに、立派な大佐殿は、デイヴを生贄《いけにえ》の子羊程度にしか思っていないのだ。

ジャックがこの件で公平を欠いているわけではない。デイヴに、真実にたどり着くのに十分な――きっかり十分な――情報は与えている。

デイヴが殺す予定のソ連人が、ＫＧＢの少佐であることを教えている。問題は、少佐がベトコンに食料を供給することにあるのではなく、アドバイスを与えることにあるのだという点も、はっきりさせている。

(質問) ＫＧＢの少佐はベトコンにどんなアドバイスを与えるだろうか？

(答え) ＫＧＢの収集情報に基づいたアドバイス。その情報は、親愛なる国家保安委員会《ストヴエンノイ・ベゾパースノスチ》の財産であり商品である。

（質問）ＫＧＢはどこから情報を得るのか？

（答え）諜報員と密告者から。

デイヴは自分の小屋のなかに座り、生温かいビールを飲みながら、謎を解いていった。ソ連の少佐は、密告者から情報を得ている。その密告者はおそらく、クロイター大佐か、あるいはほかの誰かの指揮下にいるベトナム人将校のひとりだろう。何者であるにせよ、高い地位にいる人間で、質のいい情報を流しているにちがいない。マンバ・ジャック・クロイターだろうがほかの指揮官だろうが、情報流出が深刻なものでないかぎり、非武装地帯に侵入する危険を冒したりはしないだろう。

（質問）この裏切り者を、おまえならどうやって捕まえる？

（答え）ベトコン将校捕獲用の罠――あるいは、もっと望ましいロシア人将校捕獲用の罠――を仕掛ける。

（質問）餌は何か？

（答え）捨て石にしていい中尉が率いる、捨て石にしていい歩兵部隊。

デイヴは、敵をねぐらからおびき出すために派遣されるのだ。奥地に入り込んで、ソ連軍司令部の注意を引くほどそこに近づき、射撃の的となってちょっとした混乱を起こすことを、クロイターは期待している。そのあいだに、第二のアメリカ軍の部隊

――もっと経験のあるリーダーが率いる、もっと大きな部隊――が、ソ連の司令基地の側面に回る。銃撃が始まったら、そっと近づいて、獲物を捕えるというわけだ。それが、この任務の全容なのだ。〝ゲームの表面下では別のゲームが行なわれていて……〟


（質問）虎を捕えるために杭につなぐ餌は、なんと呼ばれている？

（答え）おとりの山羊《やぎ》。

（質問）虎にかぶりついたおとりの山羊は、今までに何匹いる？

（答え）前例がないなら、前例を作ればいい。

5

玉葱の夢は見なかったが、デイヴィッド・エリオットは玉葱のことを考えながら目を覚ました。ある特定の玉葱のことと言ったほうがいい。そのいちばん上の層は、バーニー・レヴィーという名前だ、とデイヴは心のなかでつぶやいた。

〈もっと詳しく話してくれ〉

ランサムのような連中は、自分たちの汚れ仕事をさせるために、バーニーみたいな人間を送り込んだりはしない。仕事は自分たちでする。そのために金をもらっているのだから。ランサムがわたしを殺すのにバーニーを送り込む――送り込める――唯一の筋書きは、バーニーにそうしたいと言い張られて、ねじ伏せられ、納得させられたというものだ。バーニーとランサムは激論を戦わせたにちがいない。バーニー・レヴィーは頑固な男だ。非常に頑固な男だ。ひとたび、あることが正しいと決めたら、その決定を守り続ける。

〈それじゃ、答えの一部分でしかないよ〉

残りの部分は、バーニーの吐いたせりふだ。〝バーニー・レヴィーが自分を責めても、神は許してくださらんだろう〟

〈それで?〉

なぜかバーニーは、ランサムがわたしを殺したがっていることの責任が自分にあると思っている。もしバーニーが、この悪夢が自分のあやまちによるものだと信じているのなら、わたしを殺すことが自分の仕事だと考えるだろう。いや、仕事以上だ。義務だ。バーニーは、かつて海兵隊にいた。〝揺るぎなき忠誠〟(米国海兵隊の標語)。彼にとって、義務は常に重要なことなのだ。

〈バーニーがこの混乱の背後にいると思うのかい?〉

たぶん、ちがう。バーニーも、わたしと同様、ただの犠牲者なのだろう。わたしはそう思う。彼には、ランサムにわたしを殺させるか、みずからわたしを手に掛けるかのどちらかしかなかった。わたしのオフィスに入ってきたとき、バーニーは、ほかに選択の余地がないことを、口ごもりながらつぶやいていた。そういう意味で言っていたのだ。彼は、わたしにたいして義務を負っていた。彼の犯したあやまちのために、わたしが殺されなければならない義務を。自分で引金を引く義務を。赤の他人にそれをさせない義務を。

〈結構なふるまいで〉

高潔、とわたしなら言う。バーニーは、みずから罪を背負おうとしていた。彼にとって、そのことは良心に関わる問題だったのだろう。

〈ふむ。で、どんな罪深い地獄にバーニーは身を落とし、おまえさんはどんなふうにそれと関係してるんだい？〉

わからない。想像もつかない。

〈おまえさん、例えば、マフィアの殺人かなんかを目撃しなかったかい？　俺様がよそ見をしてたときにでも？〉

わたしは何を見たんだ？　何を聞いたんだ？　何を知っているんだ？

6

誰かが頭上を、コンピューター室の持ち上がった床の上を歩いた。なまりのないテノールの大声で、男が言う。「みんな、もうすぐ三時半だ。総統閣下は、オペレーション・スタッフ全員が会議室にそろうのを望んでおられる。上からの新しい通達があるそうだ」

誰かがため息をついた。「また賃金カットだな」

「そうさ」別の人間が付け加える。「だんだん重荷になってきた経営者側のボーナスを補うためのね」

「なあ、みんな」テノールが言った。「最近の状況がきびしいことはわかってるが、少なくとも、われわれにはまだ仕事があるんだぞ」

「少なくとも、三時半まではね」

テノールは皮肉を無視した。「総統殿は、一時間割いてもらいたいと言っておられる。これから一時間、何か大きな予定は入ってるかね？」

女性の声がした。「大きなものじゃないけど、四時にレシーヴァブルでＲＪＥが実行されることになってるわ。大事なわれらがへぼ本社用のものよ」

「わかった、マージ。いずれにしても、その仕事はきみの担当だ。きみはミーティングに出ないで、それにかかってくれ。手伝いが要るかもしれないから、ぼくも待機しよう。総統閣下とぼくは、同じ列車で帰宅する。そのときに、ぼくは通達を聞けばいい。ほかのみんなは、仕事の手を休めて、会議室へ移動だ。知ってのとおり、うちのボスは、部下がミーティングに遅れるのをひどくきらう」
三、四人の声が、『ショーボート』の出だしのコーラスを歌い始めた。「ニガーはみんな働くだ……」
「うるさい！」

ヒールや靴底が、タイル張りの床に当たって音を立てながら移動する。ドアが開き、ばたんと閉まるのが、デイヴの耳に届いた。一瞬、部屋がしんとなる。それから、足音がデイヴのほうへ近づいてきた。軽い、カチカチという足音——女性の靴だ。マージという女性だろう。デイヴの頭の真上で、彼女は止まった。

テノールが言う。「あの制御装置から実行するのかい？」

「ええ、そうよ」

テノール男の重い足音が、デイヴの頭上で響いた。「あれは、３１７８だろ？」

「そう」

「まだあんなものが造られてるなんて、知りもしなかったよ。この仕事に適した端末機とは言えないんじゃないか？」

「使いこなすか、なしですますか。それが、アメリカン・インターダイン社のやりかたよ」

「でも、どうやって……」

「ねえ、グレッグ、あたしは七か月間、たったひとりでこの仕事をしてきたの。あなたにいてもらう必要はないわ。ミーティングに出たらどうなの？　総統閣下を喜ばせてあげなさいよ」

グレッグがタイルをつま先でこする音がした。「なあ……マージ、じつを言えば、ぼくがここに残ったのは、きみの仕事を手伝うためじゃない」

「あら？」マージの口調が少し険しくなったようだ。

「ああ、そうなんだ。つまりだね、マージ、その……ねえ、これは前にも言ったことだ。きみは美人で、ぼくだって、思うに、醜男《ぶおとこ》じゃない」

「ケンとバービーだって美男美女だけど、同じ箱に入って売られてはいないわ」これは、以前にもまさに同じ会話をしたことのある女の言葉だ、とデイヴは思った。

「ふざけないでくれよ、マージ。ぼくはきみにふさわしい男で、きみもそれを知ってるんだ」

「あたしにふさわしい男は、グレートネックに奥さんと子どもがいたりしません」

「前にも言ったとおり、結婚生活は終わってるんだ。証拠を出せって？　いいとも！弁護士の請求書を見せてやるよ！」

「ありがとう、でも、結構」

「ぼくは、一、二回、デートをしようって誘ってるだけだ。くつろいで、ちょっと楽しもう。酒を飲んで、すてきなディナーを食べようじゃないか。映画を見てもいい。単に、たがいにもう少し知り合うだけだよ。そのどこがいけないんだい？　考えてくれてもいいじゃないか」

「グレッグ、とっても、とっても、はっきりさせておきたいことがあるの。あたしは、そのことについて考えてみた。何回もね」

「よかった。きっとわかってくれると……」

「そして、ノーという結論を出したの」

「なんだって？　なぜだ？」グレッグの声が、礼儀正しいとは言えない大きさになる。

「理由なんてないわ、グレッグ。ただ単に、ノーよ」

「きみはぼくのことを真剣に考えてくれてない。なあ、マージ、ぼくは真剣なんだ。本気なんだよ。きみはぼくにとって大切な人になっていて、きみが……おい！　どこへ行く！」

揉み合う音がし、マージが、グレッグよりも高い声をあげた。「離して、グレッグ。行かせてちょうだい！」

「きみが気を落ち着けて、聞く耳を持ったらな！　いったい誰と話をしてると思ってるんだ？　ぼくはきみの上司だぞ、マージ。それを忘れたのか？　きみの勤務評定をして、昇給を決めるのは、ぼくなんだ。前回の一時帰休からきみをはずしたのは、ぼくなんだ。次回の一時帰休からもはずしてもらいたかったらだな、お嬢さん、その態度を改めたほうがいいぞ！」

「何？　グレッグ……」

「ホワイトハウスの経済予測は忘れることだ、お嬢さん。世間は冷たくてきびしく、簡単にいい仕事は見つからない」

「ちがうの、グレッグ。誰かが……」

「特に。考課表に罰点が付いてる場合はね。しかしだ、マージ、アメリカン・インターダイン社にこのままいれば、きみには未来がある。正しいやりかたでゲームをすれば、昇進だって夢じゃない」

「男の人が、グレッグ……」

「そんなやつ、くそくらえだ！　ボーイフレンドなんか、捨てればいい」

「ちがうの。あなたの後ろにいるのよ」

マージの腕を背中にねじ上げていたグレッグは、肩越しに振り返った。

デイヴィッド・エリオットが、彼に向かって微笑んだ。友好的な微笑みではなかったが。

7

つま先でグレッグをつついてみて、デイヴは、恋する男が失神しているのを確認した。

痛みを振り払おうと、左手を振った。指関節にあざができ、包帯をはずした傷痕に血がにじんでいる。

〈手が汚れてるな。ほかの条件も考え合わせると、きっと壊疽《えそ》にかかるぞ〉

すっかり意識を失っているグレッグに最後の一瞥《いちべつ》をくれてから、デイヴはマージを見た。最初に思ったのは、みごとな頬骨だ、ということだった。次にこう思った。彼女は今にも悲鳴をあげる。デイヴはとっさに口を開いた。「やあ、わたしはデイヴ・エリオット。きょうは朝からついていないんだ」

マージの顎（角張っていて、意志が強そうで、魅力的）から、力が抜けた。やけに大きい長方形をした赤いフレームの眼鏡の奥で、大きな緑色（深い緑、エメラルド・グリーン、山の小さな湖のような緑）の目が真ん丸になる。マージは二回、口を開き、閉じた。声は出てこなかった。

「ほんとに、ひどくついていない一日でね」

〈彼女をなだめろ。少し少年っぽく、少し照れくさそうにふるまえ〉

マージがあとずさった。何かを押しやろうとするかのように、右手で弱々しい手ぶりをする。

「わたしの恰好、ものすごいんだろうな」

マージがようやくつぶやきを発した。「〝ものすごい〟じゃ半分も言い表わせてないわ」

「まったく、さんざんな一日なんだ」

「それに、くさい」マージが鼻にしわを寄せる。デイヴは、そのしわの寄りかたが気に入った。

「実際、人生で最悪の日だよ。ねえ、マージ――それがきみの名前だろ？――マージ、それ以上後ろにさがったら、壁にぶつかる。わたしはこれからここを離れ、ドアから出ていこうと思っている。だから、きみが蟹歩きみたいなまねをして、出口へ行こうとしても、こっちは気にしないよ」

マージが唇をすぼめ、うたぐるような目つきをした。「ほんと？」

「ああ、ほんとうだ」彼女は魅力的だった。その点、グレッグの意見は正しい。背は少し低めで、百六十センチぐらいだが、均整のとれた体つきをしていた。黒い髪は、磨いた石炭みたいにつややかで、東洋風の釣鐘型カットになっている。二十代半ばだ。ひょうきんな感じの緑の目に、微笑むために造られた唇。かわいいユダヤ系の鼻は、なんと言うか、セクシーで……。

〈そういう思考は打ち切ったほうがいいんじゃないか、相棒？　このご婦人は、たった今、ひとりの女たらしの相手をさせられたばかりだ〉

マージは、壁に背中を向けたまま、デイヴから視線を離さなかった。壁伝いに部屋をじわじわと移動し、ドアにたどり着く。ドアの把手をしっかりつかむと、ふたたび口を開いた。「あなたにお礼とかを言うべきだと思うの。つまり、ろくでなしのグレッグの件でね。だから、ありがとう」

「どういたしまして」デイヴは、かつて白かったシャツを見下ろした。布地を覆う埃をはたいてみる。まったく効果はなかった。

マージは彼を見て、小首を傾げ、両手を腰に置いた。「それだけ？『どういたしまして』で終わりなの？」

「お粗末さまでした、かな」〈穏やかにやれよ、穏やかに〉

「スティーヴン・キングの小説か何かみたいに床から出てきて、正義の味方登場ってなふうにカンフーのまねごとをして、言うのはそれだけ？」

〈少年の微笑みを浮かべるときだ。さあ、相棒、彼女に信用してもらうんだ〉

デイヴはため息をつき、うつむいた。「きみが助けを必要としているように聞こえたんだ。つまり、グレッグとのことでね。それに……」顔を上げ、にこっと笑う。「……いずれにしても、わたしは……なんと言うか……自分を元気づけることとか、自分がいい人間だと証明することとかが必要だった。だから……たぶん、わたしが彼を殴ったのは……きみのためであると同時に、わたしのためでもあったんだ」

「なんですって？」怒った声。「あなたはいつも、自己イメージに関する問題を、他人を殴ることで解決してるの？」

「答えられないよ。きょうになるまで、自己イメージに関する問題で悩んだことがないんだから」

マージがデイヴをじろじろと見た。まるで分析でもするように、上から下まで入念に観察する。埃と汚れを取り去ったら、デイヴがどんなふうに見えるのか、判断を下そうとしているらしい。やがて、口を開いた。「あなた……その……トラブルか何かに巻き込まれてるの？」

デイヴはふたたびため息をついた。「控え目に言えばね」

マージは首を傾け、頬をふくらませている。デイヴには、その表情がこのうえなく愛らしく思えた。

「いいわ。後悔するとわかってるけど、でも、いいわ。あなたには借りが……」うつ伏せに倒れているグレッグに向かって、払いのけるように手を振った。

〈完璧だ。さあ、最後のひと押しをしろ〉

「マージ、わたしは助けを必要としている。きみに助けてもらいたい。だが、わたしに借りがあるから助けなくてはならない、というふうに考えてほしくないんだ」

マージは口から息を吐き出した。「いいわ、ええと……お名前、なんて言ったかしら？」

「エリオット。デイヴ・エリオット」

「わかった。デイヴ・エリオットさん。壁の時計で五分あげる。さあ、あなたの話を聞きましょう」

マージはつま先でタイルをつつき、指で下唇をいじっていた。やがて、「それを信じろって言うの？」

デイヴは肩をすくめた。「そこの壁に電話がある。センテレックス社に電話してくれ。わたしの内線は四四一二番、秘書の名はショー・コートナーだ。彼女の内線は四四一一番。彼女に、わたしの歯医者の受付係だと名乗って、あすの予約の変更の件で電話していると言うんだ。ちなみに、歯医者の名前はシュヴェーバー。どうなるか試してごらん」

「代表番号は？」

デイヴは番号を教えた。マージが電話をかけ、内線四四一二番につないでくれと頼んで、話し始めた。「こんにちは。ドクター・シュヴェーバーのオフィスのマージです。あしたエリオットさんのご予約が入ってるんですけど、変更をお願いしたくて電話しました」間をおき、耳を傾ける。「あら。それでは、いつごろお戻りか、わかります?」ふたたび間。「二、三週間。では、来月の中ごろ、また電話させてもらいます。はい。結構です。どうも、失礼いたしました」

マージは受話器を戻して、「あなたは街にいないそうよ。実家に急用ができたんですって。いつ帰ってくるのか、誰も知らないの」

「じゃあ、今度は兄に電話してくれ。もし実家に急用ができたのなら、兄もインディアナに戻っているはずだ。わたしの弁護士の事務所からの電話ということにして――弁護士の名はハリー・ハリウェル――、わたしの契約した条件付信託について話かあると言うんだ」

マージは電話をかけた。眉毛を上げて、相手の返事を聞く。電話を切ってから、言った。

「お兄さんの話じゃ、あなたは東京へ出張中ですって。一か月は戻ってこないそうよ」

デイヴは、とっておきの人なつっこい笑みを浮かべた。「手を貸してもらえると、ほんとうにありがたいんだ、マージ」

マージが首を横に振り、床を見下ろす。「ねえ、あたしはただの会社員よ。銃を持った人たちを相手にするなんて……マフィアだかなんだか知らないけど……それに、あなた……その……いろんな人に怪我をさせてるわ」

マージはしゃべるのをやめ、唇をなめると、失神しているグレッグに目をやった。

〈慎重に行け、相棒。彼女が逃げそうだぞ〉

デイヴは髪を指で梳《す》いた。「こちらが怪我させられるのを食い止めるためには、しかたなかった」

マージの視線はグレッグに向いたままだ。

「銃の知識はあるかい、マージ?」

彼女の唇が薄くなった。「八歳のとき、アイダホへ引っ越したの。全米ライフル協会の州へね。あそこじゃ、誰もがハンターよ。ありとあらゆる種類の銃を目にしたわ」

「なら、これを見てくれ」デイヴは背中に手をのばし、シャツの下に隠している拳銃を一挺取り出した。しゃがんで、それを床に置き、回転させてマージのほうへ送る。

「ランサムの手下から取り上げたものだ」

マージは屈んで、拳銃を拾い上げた。銃を扱い慣れている人間らしい手つきで、それを持つ。しばらく観察してから、うなずいた。「ハイテク銃ね。こんなの、見たことないわ」

デイヴは何も言わなかった。彼女が決断するのを、じっと待っていた。

マージが決断を下した。拳銃の安全装置を確認してから、銃把《じゅうは》を前に向け、ドアから離れた。拳銃をデイヴに渡す。「あなた、ほんとうに困った事態に陥ってるみたいね」

デイヴは拳銃を受け取って、シャツの下にしまった。「助けてほしい。ちょっとだけでいいんだ。きみを巻添えにするようなことはない。約束するよ。名誉にかけて」

〈うそつき！〉

「いいえ、あたしは……」

「三つある。それだけ頼みたい。ひとつ。ダクトテープか何か、床下のワイヤに巻くのに使うようなものをひと巻き見つけてほしい。ふたつ。テープレコーダーか口述録音機を見つけてほしい。三つ。わたしが男子トイレで顔を洗って着替えをするあいだ、廊下を見張っていてほしい」

「女性用を使いなさいよ」

「えっ？」

「この階は、この部署にしか女性がいないの。今はみんなミーティングに行ってる。女性用のほうが安全よ」

8

顔を洗って、悪臭をかなり落とし、好色なグレッグのスラックスとシャツを身につけたデイヴは、コンピューター室に戻った。

マージが満足げに彼を見る。「その恰好なら、コンピューターおたくで通るわ。傾いた眼鏡、短すぎるズボン、裾を出したままのシャツ……。足りないのは、ポケット・プロテクターだけよ」

「ありがとう。これに白い靴下とスニーカーがあれば、変装は完璧なんだけどな」

グレッグはデイヴより五センチ背が低く、サイズはひとつ大きかったが、服の着心地は悪くなかった。シャツがゆったりしているのは、明らかにプラスだった。拳銃を隠すのが容易になったからだ。靴のほうは、残念ながら、話が別だった。グレッグの靴は小さすぎた。デイヴはいまだに、一見して高級品とわかるバリーのローファーをはいている。その靴と縁を切りたかった。

マージが、デイヴから受け取った口述録音機を上げてみせた。「ほんとうに、これが成功すると思ってるの？」

「そう願っている。それが、わたしにとって最良の手段なんだ」

「それから、この無線機の調整もだいじょうぶなのね？」

デイヴは無線機を二台奪っていた――一台はカールーチのもの、もう一台は首相クラブで射殺した男のものだった。コンピューター室の床下に隠れているあいだに、その二台を調べてみた。どちらの無線機にも、裏に、取りはずしのできる小さなパネルがあった。そのパネルをはずすと、紛れもなく暗号を示す、赤い発光ダイオードによる小さな表示が現われた。それぞれの表示の真下に、トグルスイッチが並んでいる。二台目の無線機の表示をカールーチの無線機――デイヴを呼び出すのに使うとランサムが言ったもの――と同じ表示に直すのは、ほんの一瞬で事足りた。

「ああ、マージ、無線機はちゃんとなっている」

「じゃあ、あたしはこの送信ボタンを押し下げて、あなたのテープをかければいいだけなのね？」マージが長く、ほっそりした指で示す。デイヴは長い指が好きだった。ずんぐりした指は大きらいだった。マージの指はじつにすばらしい、とデイヴは思った。すばらしいのはそれだけではない。彼女はデイヴの妻とは正反対だった。マージがいい具合に丸みを帯びた体つきなのに対して、ヘレンは都会的な痩せかたをしている。マージが小柄なのに対して、ヘレンは、そう、はっきり言って、背が高すぎる。

マージが人情味のある人間なのに対して、ヘレンは冷たく洗練されている。そして、マージにはさわやかな色っぽさがあるのに対して、ヘレンには……。

〈おい、相棒！　そう、おまえさんのことだよ！〉

デイヴはしぶしぶと、今やるべきことに思考を戻した。「そのとおり。声を聞いたら――どんな声でもだ――、テープをかける。ただし、このビルの外にいる場合だけだ。ビルにいるときに声を聞いたら、無視する。もし、きみがここを出る前にランサムの呼びかけがあったら、わたしは別の計画を考えなくてはならないだろう」

マージがゆっくりと呼吸をしてから、笑みを投げかける。「グレッグはどうなるの？」

〈すてきな笑顔だ！〉

「遅かれ早かれ、誰かが声を聞きつけるさ。あるいは、今夜、掃除に来た清掃業者が見つけるだろう。それまで、彼はどこへも行かない」

マージは自分の靴に視線を落とした。「ところで、ききたいんだけど――どうして、グレッグの……つまり、その……かわいい持ち物をぐるぐる巻きにしちゃったの？」

「誰かにあのダクトテープをはがしてもらうときに、やっこさんに『痛い』って言わせたいんだ」

マージがくすくす笑う。「あなたって、意地が悪いのね、デイヴィッド・エリオットさん」彼女の笑みが、部屋を明るくした。

マージの目には、表情があった。あるいは、少なくともデイヴは、マージの目に表情があると思った。というより、表情があることを望んだ。「そうなんだ」にやりと笑う。「ごみ捨て場の犬みたいに意地がきたないんだよ」

マージが顎を上に向けた。頬が赤みを増す。「でも、みんなに意地悪なわけじゃないでしょ？」

マージの声が穏やかになった。それと反対に、デイヴの声はうわずった。「ああ、みんなにじゃない」デイヴは一歩前へ進んだ。それは、まったく反射的な行動だった。マージも前へ進み出る。その動作は、反射的なものではなかった。デイヴは、空調のきいたコンピューター室が暑くなったことに気づいた。不快な暑さではない。夏のけだるいそよ風に近かった。

マージが彼の前に立つ。その瞳が輝いた。ふたりの距離は、三十センチしか離れていない。デイヴの読みがちがっていなければ、彼女は、デイヴの近くにいることが好きなのだった。デイヴは彼女に引き寄せられ、彼女はデイヴに引き寄せられる。そこには磁力が存在した。瞬間的で、避けがたい磁力が。そんなことが起こるのはまれだが、現に起こったのだ。それをひと目惚れと呼ぶ人もいるけれど、もちろん、そうではない。

極めつきのばかげた考えが、デイヴの脳裏をかすめた。デイヴはその考えが気に入ったし、そのばかばかしさが気に入ったし、何よりもマージのことが気に入っていたから……。

デイヴは不意に動作を止めた。心の手綱を急にぐいと引いたので、痛みを感じた。今の考えを頭に浮かべることさえ、自殺的とは言えないまでも、常軌は逸しているし、完璧にまちがったことなのだ。そして、この、すでに十二分に巻き込んでしまった女性を巻き込むことは……。

〈おまえさんにまだ倫理感が少し残ってるとわかって、安心したよ、相棒〉

デイヴはマージの手をひっつかみ、同僚と握手をするように、彼女と握手した。

「いろいろ助けてくれて、ありがとう、マージ。ほんとうに、ほんとうに、ほんとうに感謝している。だが、わたしはもう行ったほうがよさそうだ。きみの仲間たちが――この部のほかの社員が、まもなくミーティングから戻ってくると思うから」

マージの瞳の輝きが強くなった。「わかったわ。ねえ、あたしのフルネームは、マリゴールド・フィールズ・コーエンと言うの。そんなふうにあたしを見ないで。二十七歳で、両親はサンフランシスコに住んでる。こんな名前を付けられたのは、あたしの責任じゃないわ。とにかく、あたしの名前は電話帳にある。西九四丁目、ブロードウェイからすぐのところ。あなたがこのごたごたから抜け出たら、電話をちょうだい。訪ねてきてくれてもいいわ」

デイヴは彼女に笑みを返した。彼女は無邪気に喜んでいる。デイヴのほうは、すっかり魅了されている。デイヴは軽率なことを言いたくなった。非常に、非常に軽率なことを……。

〈おまえさん、幸せな結婚生活を送ってて、惜しかったな。いや、もしかすると、それもう終わってるかもしれないけど〉

あるいは、幸せな結婚生活などなかったのかもしれない。

「わかったよ、マリゴールド」デイヴは、声に誠実さを込めるように努めた。もしかすると、本気なのかもしれない。

「二度とマリゴールドと呼ばないで」

「呼ばない。約束するよ。十字を切って誓う。さて、最後にもうひとつ、言っておくことがある」

マージが熱心にうなずく。

「それは、この件できみに迷惑がかかることを、わたしが望んでいないということだ。きみがわたしに手を貸したのではないかと、誰にも疑われてほしくない。だが、グレッグが発見されれば、いろいろ質問が出るだろう。だから、きみにはアリバイが要る。わたしが考えていることは、完全無欠のアリバイとなるはずだ。質問しようとは、誰も考えないだろう。きみのアリバイが鉄壁でなければならないこと、理解してくれたね？」

「ええ。で、それはなんなの？」

「これだ」デイヴは彼女の顎にアッパーカットを見舞った。意識を失ってくずおれるマージをかかえ、そっと床に寝かせる。それから、彼女の財布から現金を抜き取った。気の毒な娘は、二十三ドルしか持っていなかった。デイヴはそれでも、彼女が家へ帰れるよう、地下鉄のコインは残しておいた。

第四章　すべて空想

1

デイヴのいるビルの建設・管理を引き受けた会社は、なんともばかげた迷信の前にひれ伏して、十三階を存在させないことにした。そのかわりに、フロアを、十一階、十二階、十四階、十五階と名付けていった。まるで、悪運を配る神だか悪魔だかが、数を数えられないほどおつむが弱いとでも言うように。

アメリカン・インターダイン社は、ふたつの階――十二階と十四階――だけを占めていた。受付は十四階にある。

受付嬢は四つん這いで、洟《はな》をすすりながら、目をすぼめてカーペットをにらんでいた。デイヴはあきれ顔で彼女を見た。

受付嬢のいでたちは、一九八〇年代ヤッピーのへたなものまねだった。天然繊維百パーセントのヘリンボーンのスカートの裾線は、膝のずっと下にあった。おそろいの上着は、全米フットボールリーグの選手がうらやみそうな肩パッド付き。白いコットン・ブラウスは、はでに糊をきかしてあって、彼女が体を曲げるとパリッと音がしそうだし、首で蝶形に結んだ深紅のリボンは、絶滅寸前の種《しゅ》と認定された大きな鳥の死骸にそっくりだ。服装全体が、オールコット＆アンドルーズの品物だと絶叫しているようだった。そして、オールコット＆アンドルーズは、かなり昔に店を畳んでいる。

「すみません」デイヴは、現状で可能なかぎり丁寧な口調で言った。「電話会社の者なんですが」

受付嬢は顔を上げ、デイヴのいる大まかな方向に目をすぼめた。「動かないで（ズズー）。そこに立ったまま、動かないでちょうだい」

「コンタクトをなくしたんですか？」

「両方ともなの（ズズー）、信じられる？」

「手伝いましょうか？」

「慎重にやってくれるなら（ズズー）」

「気をつけましょう」

身を屈めて、デイヴはカーペットを調べ始めた。這いつくばる受付嬢のそばに、光を受けてきらめくものを見つけた。「きみの少し左、手のあるところからちょうど十一時の方向。見える？」

「ええ、ありがとう（ズズー）。ひとつ見つかったから、あとひとつよ」

「もうひとつは、そのすぐ北だ」

「まあ。よかった。あったわ（ズズー）」

受付嬢は儀式に取りかかった。指をなめ、まぶたを剝いて、鼻を天井へ向け、コンタクトレンズを入れる。デイヴは、コンタクトレンズ使用者たちのこの行為が、人前で洟をかむ行為よりわずかに不快でないだけだと気づいた。

受付嬢が机の上の箱からティッシュを取り出し、目もとを軽くたたく。マスカラで、ティッシュが紫色になった。

「目に何か入ったんですか？」質問を発したとたん、デイヴはきかなければよかったと思った。

「ちがうわ」ごくんと唾を飲み込み、涙を拭う。「わたし……わたし……」

デイヴは、知らない人物の打ち明け話を聞きたくなかった。

「……泣いてたの」

とはいえ、デイヴには、この女性の助けが必要だった。同情しているように聞こえることを願いながら、ため息をつく。「ほう。何があったんです?」

十分後、デイヴは受付嬢の人生を、知りたくない部分まで知っていた。八〇年代終わりにわりと有名なビジネススクールで経営管理学修士号《MBA》を取った彼女は、投資銀行行員の職をウォール街で得て、いちばん最近の金融界の解雇の波に呑まれて首を切られ、希望のない失業生活を送ったのち、アメリカン・インターダイン・ワールドワイド社の受付係に、やけっぱちで応募して、採用されたのだった。

デイヴはなぐさめを言った。

「だから、わたしが仕事を得られるのは、こんなごみためみたいな場所だけで(ズズー)、いまだに奨学金を返済してて(ズズー)、猫の餌代にも困ってて(ズズー)、おまけに、別れた夫も失業中で子どもの養育費を払ってくれないし(ズズー)、歯医者の受付になったほうがまだ儲かるし(ズズー)、大家さんはうるさく言ってくるし、それに……それに……」

デイヴは受付嬢の手に触れた。「それに? 言ってごらん」

「またお尻を触られたの」

「誰に、グレッグか？」デイヴは唾を飲み込んだ。そう言ったのは、失敗だった。幸い、受付嬢はそれに気づかなかった。

「彼もよ。どいつもこいつもよ！　このお粗末な街にいるときはいつも言い寄ってくる、このお粗末な会社のお粗末な会長を筆頭に、下はお粗末な課長までね！」

デイヴは腕を組んで、目を閉じた。

〈最初はマージ、今度はこの女性。アメリカン・インターダイン社には、独特の社風があるらしいな〉

「あの女も、とんだ雌犬だわ」

「なんだって？」

「課長のことよ」


のちほど、受付嬢をなだめてから、デイヴは望みのものを頼んだ。彼女が信頼に満ちた笑みを浮かべ、それを彼に渡す。非常に理解があって親切だったデイヴに対して、受付嬢は疑いすらいだかなかった。それに、彼はまだ腰に、電話修理人の工具ベルトを付けていた。彼女が求めたのは、用事がすんだらそれを返すという約束だけだった。

鍵。

デイヴはうそをついて、約束した。受付嬢が腕時計を見て、「五時までに終わる？わたしは五時になったら帰るわ」

デイヴは最後にもう一度微笑み、言った。「たぶん無理だな。でも、きみの机の吸取紙台の下にすべり込ませておくよ。それでいいかい？」

「ええ、もちろん。でなかったら、真ん中の抽斗《ひきだし》に入れといて」

「わかった。ああ、それからもうひとつ。マージ・コーエンという女性を知っているかな？　下のコンピューター部門で働いているんだ」

受付嬢がうなずく。

「彼女に電話するといい。いい人だし、セクハラ対策について何か知っていると思うよ」

「今夜、自宅に電話してみるわ」と言って、アメリカン・インターダイン社の社員名簿を見せた。

デイヴは向きを変え、立ち去ろうとした。「電話室はこの階だと言ったっけ？」

「廊下を行った左側」

「ありがとう。じゃあ、また」

「またね」

受付嬢が渡してくれたのは、アメリカン・インターダイン社の管理施設及び保管庫の親鍵だった。運がよければ、この鍵で、ビルのすべての管理施設を開けられるかもしれない。電話室。掃除用物置。隅の小部屋や物入れには、ビルの管理人や電力会社、その他多くの会社が、あれやこれや、さまざまなものを保管しているのだ。

この鍵こそ、まさにデイヴに必要なものだった。

2

デイヴがアメリカン・インターダイン社の倉庫の内容を調べているとき、ランサムがついに許しがたいことをした。

デイヴのシャツのポケットにあった無線機が、シーという音を出して、息を吹き返した。スピーカーから、今やおなじみとなったランサムのアパラチアなまりが聞こえてくる。「エリオットさん、あんたと話をしたいという人がここにいるんだ」

デイヴの顎に力が入った。今度はなんだ？　またくだらない策略か。獲物の心を乱すためのちょっとした心理作戦。獲物に不安をいだかせたり、疑問を覚えさせたりする何か……。

「あんたの軍隊の記録から、あんたが忠義を重んじないことはわかってる。国旗に対してても、仲間に対してもな。しかし、肉親に対しては、ある程度のきずなを感じてくれることを願うよ」

なんだって！

「父さん？」

そんな！

「父さん、そこにいるの？」

マーク、息子だ。たったひとりの子ども。最初の結婚で生まれた子。アンジェラとのあいだに生まれた子。

「父さん、ぼくだ、マークだよ」

コロンビア大学三年生のマークは、西一一〇丁目の寮に住み、少なくとも週に一回、父親と夕食をともにする。嫉妬深いヘレンは、それに加わったことがない。デイヴの人生で、マークがいちばん大事な人間だと知っているのだ。

「父さん、聞いてくれ」

若者の夢は、哲学者になることだ。一年生のとき、彼は哲学の入門コースをとった。

そのなかの何かが、彼の心の琴線に触れた。彼はプラトンに意味を、カントに妥当性を、ヘーゲルに喜びを見いだした。二年生のときには、教授に課せられたわけでもないのに、自発的にマルティン・ハイデッガーの『存在と時間』を、びっしり文字の詰まった五百頁すべてを隅から隅まで読んで、批判的な論文を書き、語るも不思議なことながら、雑誌に掲載された。

「お願いだ、父さん。これは大事なことなんだ」

ちくしょう、ランサム、よくも息子をこの件に引き込んだな。この返礼はさせてもらう。かならずさせてもらうぞ。

「聞かなきゃだめだよ、父さん」

学生時代からこのかた、〝哲学〟という言葉を使ったかどうかさえ疑わしいデイヴは、学問に打ち込むマークを熱心に励ました。飯の種にならないテーマの研究に大学時代を費やしたいと望む息子に対して、ほかの父親なら異議を唱えるかもしれないが、そんな父親は愚かなのだ。

「ぼくは下の階にいるんだ。ママは飛行機に乗ってる。二時間ほどでここへ来るよ」

殺してやる、ランサム。おまえを殺して、おまえの血で手を洗ってやる。

「父さん、聞いてくれ。ランサム捜査官が、みんな話してくれた。記録を見せてもらったんだよ、父さん」

これは、どんな恐ろしいうそなんだ？

「ほかの人たちにも起こってることなんだ、父さん。父さんひとりじゃないんだよ。父さんみたいな人たちが、二十人から二十五人いる。みんな、薬を投与された。ベトナムでだ、父さん。ぼくが生まれる前に、父さんたちは薬を投与されたんだよ」

わたしのナイフで、おまえの喉を掻き切ってやる。わたしの怒りの炎で、おまえを火あぶりにしてやる。ああ、ランサム、ランサム、おまえみたいな邪悪な野郎には、いくら苦しみを与えても十分ということはない。

「実験だったんだ、父さん。何が起こるか、軍にはわからなかった。だけど、その薬はね、父さん、その薬は、効力が長期間続くんだ。これほど歳月がたってからでも、薬の影響が出る。投与された人間は、気がふれることがある。こんなに時間がたっても、気がふれることがあるんだ。軍は、このことを公にしないよう努力してる。薬を投与された人間全員を、集めようと努力してる。軍によると、治療することができるそうだ。軍によると……」

なんだ？　やつらはなんと言っているんだ？　ここからが最悪の部分になるだろう。ここから先の話が、わたしを正気の縁から追い落とすことを、ランサムは望んでいる。

「……父さん、軍によると、遺伝子にも影響するそうなんだ。ぼくも検査を受ける必要があると言われたよ。たぶん、そのせいで、ママに……ママにあんな問題が起こったらしい」

アンジェラ。大学時代の恋人。六月の花嫁。ひとり息子。二度の流産。重い鬱《うつ》状態。酒への依存。離婚。それから、精神科医による治療、再婚、ふたりのかわいい娘たち、別の男との満ち足りた生活。

「父さん、父さんは幻覚を見てるんだけど、それは父さんの責任じゃない。薬のせいだよ、父さん。悪い薬が、昔から父さんの体に入ってるんだ。ぼくは記録を見せてもらった。ほかの人たちの記録も見せてもらった。みんなに起こってることなんだ。五十歳近くになると、体に何かが起こる。それによって、始まるんだ。いろいろ想像するようになって、人々が銃やらナイフやらを持って追ってくる幻覚を見るようになる。誰もが自分の命を狙ってると思うようになる。そして、殺される前に殺そうとし始める。誰もかもを殺そうとし始める。それはすべて空想なんだよ、父さん。でも、治るんだ。父さんが出てきてくれれば、治療することができるんだ。もし出てきてくれないと、事態はもっと悪くなる。それも急速にだ、父さん。あっという間に悪くなる。治療を受けなきゃだめだよ。その薬は、そこにないものを父さんに見せる。人々を傷つけたいという気持ちにさせる。父さん、お願いだから、ランサム捜査官に助けてもらうんだ。彼はそのためにここにいるんだよ、父さん。彼は父さんの友だちだ。手を貸すためにここにいるんだ」

手のなかの銃が、心地よく感じられた。銃把の傾斜が、安らぎを与えてくれる。指で引金を撫でた。なめらかな感触。安全装置に親指をすべらせ、それを押した。セレクトスイッチを、セミオートマチックからオートマチックへ変える。一瞬一瞬が経過するごとに、デイヴの気分はよくなっていった。

「感じないのかい、父さん？　激しい怒りを？　父さんの感じているものが、どうしても抑えられない怒りだということが、わからないのかい？」

よーくわかるさ。

3

デイヴは、殺して殺して殺しまくりたかった。

〈「結論を言えばだな、諸君、敵の精神を破壊するほうが、敵の体を破壊するよりずっと有益だ」〉

撃ち合いが始まるのを、待ちきれなかった。

〈ロバート教官（愛称ロブ）は、そう言った〉

デイヴは三階にいた。

〈それから、教官はこう言った。「一方を行なえば、もう一方を行なうのは非常に簡単になる」〉

深紅の霧のなかを歩いて、そこへ行ったのだった。

〈それをランサムは望んでるんだぞ、相棒〉

霧は晴れつつあった。

〈おまえさんは、それをリボンで結んで、箱に入れてやつに渡そうとしてる〉

まもなく、すべてが見えるようになり、きわめて透明度の高い澄んだ光に包まれるだろう。

〈おい！　やつがおまえさんに何をしようとしてるか、わからないのか？〉

デイヴは拳銃から弾倉を取り出し、チェックした。フル装塡されている。

〈ランサムは、おまえさんの女房にうそをつき、おまえさんの息子にうそをつき、おまえさんにうそをついた。おびき寄せてるんだよ！　罠なんだよ！〉

弾倉を銃把に戻し、遊底を引いて、薬室へ一発送り込んだ。あいつらを殺すのは、さぞ気分のいいことだろう。

〈おまえさんはそこへのこのこ歩いていこうとしてる。やつらが待ち受けてるぞ〉

デイヴは彼らに待ち受けていてもらいたかった。それを楽しみにしていた。

〈「心を苦しめられた敵は、非常に弱くなる。迷いを持った敵を負かすことは、何よりもやさしく、落胆した敵を滅ぼすことは、何よりも容易だ。これが、心理戦争の第一原則であり、われらが名誉ある職業の第一戒律だ」〉

われらが名誉ある職業？　誰の職業のことだ？　ランサムの？　マンバ・ジャックの？　マリンズ曹長の？　わたしの？

デイヴの手は、階段の手すりをぎゅっと握っていた。手すりは金属製で、戦艦の灰色に塗られ、冷たかった。

〈冷たさ。その冷たさに意識を集中しろ。ほかのことは考えるな。冷たさだけ考えろ〉

デイヴは動きを止めた。完全に静止した。

〈よし。今度は深呼吸だ。長く、ゆっくりと呼吸してみろ〉

できるだけ深く、苦しくなるほど深く、息を吸った。息を止め、目の前に星がちらつき始めたところで、ゆっくりと吐き出す。シャツの裾で、額の汗を拭った。

〈いいぞ、相棒〉

右手を前に出してみた。震えている。

〈そうだよ。手が震えてたんじゃ、世界一の射撃の名手にはなれない〉

危なかった。もう少しでランサムの術中に陥るところだった。

〈「策略によって敵に勝つ者は、力によって敵に勝つ者と同様に、たたえられるべきである」マキアヴェリはそう言った。覚えてるか？　ロブ教官がいつも彼の言葉を引用したのを、覚えてるかい？〉

デイヴは安全装置を掛け、拳銃をセミオートマチック状態へ戻した。銃をベルトに差そうとする。三度めにようやく成功した。

〈やつはまたやるはずだ。おまえさんの頭をおかしくするためなら、なんだってやるはずだ〉

デイヴの膝から力が抜けた。階段にくずおれ、怒りが引くまで、ただ震えていた。

あれは、ランサムにとって最良の攻撃だったにちがいない。やつは、可能なかぎり最高にあくどいことをしたのだ。マークを呼んで、父親を死の罠へおびき寄せるよう、うそをついて説得し……。

〈うそだってのは、確かかい?〉

いや、確かではない。それが、特別やっかいな問題だ。ひょっとすると、誰かが——部隊の仲間のひとりが、実験薬を投与したのかもしれない。情報部の人間がその手の悪事を働くのは、これが最初ではないはずだ。少なくとも、CIAに雇われていたひとりの不運な男が、こっそりLSDを投与され、その結果、自殺したことがある。二十五年たってようやく、CIAはその事実を認めて、遺族にしぶしぶ賠償金を支払った。

ほかにもある。一九五〇年代、軍はサンフランシスコ上空に、霊菌《れいきん》という病原菌をひそかに散布した。十年後には、ある秘密戦争研究班が、毒性の弱い微生物をガラス容器に詰めて、ニューヨークの地下鉄の線路に落とし、その影響で洟《はな》をすする人々の広まり具合を観察した。同じころ、ユタ州では、秘密研究所から何かの物質が漏れ、数多くの羊が死んだ。ほかにも、第二次世界大戦中に枢軸国によって行なわれた捕虜収容所での実験結果について、生物学者や免疫学者や遺伝子研究家が不健全な興味を持っているといううわさがある。それから、国内の刑務所の囚人たちが、伝染性の病原体や、試験のすんでいない薬や、何よりも悪名高い梅毒スピロヘータを注射されたこともあった。また、軍がみずからの構成員に放射性物質の恐ろしい試験をした例もあり、卑劣な行為の専門家が、自分の仲間に、心をゆがめる薬を与えてみたいと思ったとしても、不思議ではない。

情報機関はずっと思いのままにふるまってきており、軍人に対しても民間人に対しても、たちの悪い実験を行なうことはきわめて簡単だった。結局、それは、合衆国の安全という究極の利益を求めてなされたことで、ソ連がまったく同様のことをしているという通念を信じるならば、やらなくてはならないことだった。たとえ、研究用ラットや重罪の囚人や軍人がその過程で苦しんだところで――つまり、民主主義を守るためならば、それは高すぎる代償だろうか？　じつを言えば、一九七〇年代に、上院調査団が実験についてはじめて知り、嫌悪感を表明したとき、責任をとるべき立場にある人々のかなり多くが、激怒した。なんで大騒ぎをするんだ？　われわれがそういう仕事をするために、国民は税金を払っているんじゃないか。われわれを責めるのはまちがっている――われわれは、善行をなしているんだ！

ランサムは特に狡猾《こうかつ》なうそを、信じられるという点でなおさら狡猾なうそを思いついた。そのうそは、デイヴを知っていて力を貸してくれたかもしれなかったすべての人々が、今やひとり残らずランサムの側につくことを確実にした。そのうえ、デイヴに自分自身を疑わせることにもなりそうだった。

〈うそじゃないってことも、ありえるんだぞ〉

わかっている。ああ、わかっているよ。

階段室の薄暗い照明のなかで、両膝を腕でかかえ、ぶるぶる震えながら、デイヴは自分が孤立無援であることに愕然としていた。話しかけるべき人間も、話を聞いてくれる人間も、もういない。妻、息子、友人たち——デイヴを信じるべき人々すべてが、うそを信じている。すべての手がデイヴに向かって振り上げられ、彼には信頼できる人間がひとりもいなかった。

こういったことが、悪夢を、初期の狂気を引き起こすのだ。今はとまどっている精神がたちまち錯乱状態に陥って、常識のある人間が、夜、ベッドの下を覗いたり、電話が盗聴されているのではないかと思ったりし、やがて、邪悪な勢力に自分の動きを逐一監視されていると信じるようになる。監視者は政府かもしれないし、三者委員会かもしれないし、宇宙人かもしれない。あなたは誰も信じられない。なぜなら、どの人間もが〝やつら〟のひとりか〝やつら〟の手先かもしれないからだ。そして、すぐにあなたは、サイエンティフィック・アメリカン誌の編集者に手紙を書き始めるようになる。

あるいは、そうしないかもしれない。なぜなら、おそらく編集者も陰謀に加担しているからだ。あなたは、電波をさえぎるために部屋にアルミホイルを貼り巡らそうかと考え、夜になると、街を徘徊して、あやしい勢力を寄せつけないための秘密のマークを壁にスプレーし、そのあいだじゅう、他人にはわけがわからなくとも自分には意味がある言葉をつぶやき続ける。そして、しまいには、動きやすいほうがいいからと、身の回りの品を買い物袋に入れて、昼間隠れることのできる暗い場所を探す。なぜなら、〝やつら〟は街に出ていて、〝やつら〟は捜していて、〝やつら〟はこちらを銃の照準に捕えたいと願っていて……。

精神科医たちはそんな状態をパラノイアと呼び、症状がひどくなると、患者を隔離する。

なぜなら、世の中の誰もが自分を殺したがっていると考える人間は、他人に危害を加えるおそれがあるからだ。

第五章　しゃれたジョーク

1

運がよければ、マージは——デイヴがシエラネヴァダの高山地帯へ馬で行き、緑色の、忘れられないほどすばらしい湖のほとりで眠ったまさにその夏に、たぶん母親の胎内に宿ったマリゴールド・フィールズ・コーエンは——、まだ意識を取り戻していないだろう。もしそうなら、デイヴの息子の声を聞かなかったはずだ。もしそうなら、デイヴが脱出する時機が来たとき、彼女はテープレコーダーを使うはずだ。

〈いずれにしても、代替プランを用意しといたほうがいいぞ〉

そのとおり。デイヴはなんとしてもランサムとその手下たちを避けたかった。しかし、マージがテープをかける前に何かまずいことが起きた場合、デイヴにはすばやく通り抜けられて敵にはそれができない脱出路が必要になる。これまでのところ、彼はどうにか敵よりほんの少しだけ先にいて、おもに防戦をしてきた。その態勢を変える時が来た。それに、息子をこの件に巻き込んでくれたことに対して、ランサムには借りがある。とてつもなく大きな借りがある。

2、3、5、7、11、13、17、19、23、29、31、37、41、43、47。

素数。素数を一かそれ自身以外の数で割ると、答えは分数になる。素数は、数学者を引きつける無限の泉であり、印象に刻まれやすい。とりわけ、興味の対象を五十以下の素数に絞れば、暗唱するのもたやすい。

ロブ教官がしゃべっている。「諸君、破壊工作員が自分の仕掛けた偽装爆弾にうっかり引っかかってしまったとき、どんなに狼狽《ろうばい》するか、想像できるかね？　考えてみたまえ。頭に描くんだ。煙のくすぶっている瓦礫《がれき》に横たわり、おそらく片方の脚を吹っ飛ばされ、あるいはへたをすると、目の前に自分の腸が広がっている光景を。そんな損傷を与えたいまいましい仕掛けが、自分の手で取り付けたものだと知ったときの悔しさを考えてみたまえ。ああ、なんたることだ。だが、顔は赤くなるんじゃないかね？　大いなる当惑を誘う、人生の小さな経験のひとつと言ったところかな。こういったぶざまで恥ずかしい事態を避けるために、きょう、きみたちにちょっとした算術を教えるのが、わたしの役目だ。わたしがこれから話し、きみたちがこれから学ぶのは、ほんのわずかの数列だ。この公式は、敵を教化するためにたまたま仕掛けたいたずらの場所を覚えているのに、きわめて役立つ」

五十以下の数に、素数は十五個ある。デイヴは、十五の階の非常階段に罠を仕掛けた。東の階段室に十五、西に十五、南に十五。

キャンプPの教官たちは、単純さの重要性を強調していた。いい罠とは簡単な罠であり、最少の材料で最大の効果を発揮するよう設計されている。ほとんどすべての計画的活動と同様、権謀術数の分野においてもこう言えた――KISSこそは上策である。

デイヴはKISSを重んじていた。彼の仕掛けた罠――教官だちなら、〝ジョーク〟と呼ぶだろう――は、次のようなものだった。階段の最上部近くに仕掛け線として張った深緑色の電話線。走ってきた人間が簡単につかめるような場所に置いた、すべりやすい液体石鹸（洗面所のディスペンサーで使われるもの）の入ったバケツ。ひっくり返りやすいように置いた、べとべとしたゴム糊の入ったびん。すぐ使える場所に用意した、燃えやすい工業用クリーニング溶剤のたっぷり入った容器。先ほどの電話線よりずっと太くて重いワイヤーは、送水管に慎重に巻きつけ、簡単に解けるようになっている。ひとつかみぶんの安物のペーパーナイフは、尖った先端を同じ向きにして、テープで三本ひと組にまとめた。戦略上重要ないろいろな位置に置いた電動式ステープラー。二か所の踊り場全体にまいた一見無害に見える丸めた紙。巻き枠から解いて、階段五つぶんに延ばした消火ホース。その他いろいろ。

教官たちは彼を誇りに思うだろう。KISS。単純に、くだらなくやれ《キープ・イット・シンプル・スチューピッド》。

デイヴは、罠のすべてが効果を発揮するとは思っていない。敵が引っかかりさえしないものが、ほとんどだろう。引っかかったとしても、せいぜい手足の骨を折るか、体に刺し傷を作るぐらいだ。罠の大部分は単に不自由な思いをさせるだけのもので、確実に命を奪うようなものはひとつもない。そんな必要はないのだ。必要なのは、ランサムとその手下たちの動きを遅らせることだけだった。

〈一方だな、相棒、もし、ほんとうのダメージを与えたかったら……〉

掃除人用の物置で、デイヴは五つの大箱――ひと箱にびんが二十本――に入ったアンモニア・クレンザーを見つけてあった。

アンモニアはありふれた薬品だ。誰もがそれを使って、窓をきれいにしたりトイレを殺菌したり磁器の汚れを落としたりする。アンモニアは、一般的な家庭用品なのだ。

キャンプPで、デイヴは一般的な家庭用品について教わった。普通の家の台所が、知識のある者にとっては、毒物や発火物や爆発物の宝庫であることを教わった。正確な比率で混ぜ合わせれば、少なからぬ数の〝一般的家庭用品〟が、人殺しの凶器となるのだ。

そのなかに、アンモニアが含まれている。

ヨードチンキ——だいたいどのオフィスの救急箱にも入っている——と混ぜると、アンモニアは、小さな結晶となった三ヨウ化窒素の沈澱物を作る。それに適切な処置を施して乾かすと、ある程度商業的価値のある物質ができる。実際、デュポン社は、鉱業界では有名な商標名でそれを販売している。鉱石を爆破して新しい割れ目を作るのに完璧な材料として、有名なのだ。その物質の唯一の問題は、不安定であることだ。一定量の三ヨウ化窒素の結晶に、三十キロほどの圧力をかけただけで……。

デイヴの守護天使がにんまりした。〈ドカーンだ！〉

2

六時を過ぎてすぐ、デイヴィッド・エリオットは待ち伏せのいる場所へ入り込んだ。

罠を仕掛けながら、デイヴは、階段室にランサムの手下どもはいないと踏んでいた。一階の出口を見張るだけで、獲物が逃げていないという確証を得るには十分なのだ。それに、ときどき喫煙者――オフィスから追放された、二十世紀末ののけ者――が階段室へこっそりやってきて、秘密の恥ずべき煙草を楽しむ。電話修理人がワイヤーをかついで階段を上下したところで、ニコチン中毒者は気にしないが、殺し屋が巡回していたら、疑念をいだくだろう。

デイヴがランサムの立場だったら、人々の勤務時間が終わってしばらくするまで、部下たちに階段へ近づくことを禁じるだろう。あいにくもう勤務時間は終わり、ランサムの手下たちはそわそわし始めている。彼らの身に何が待ち受けているかをボスは知っているのだろうか、とデイヴは思った。おそらく知らないだろう。ランサムのような男は、こういったばかばかしい罠を好まない。ランサムの考えるプロの基準にそぐわないのだ。デイヴのほうは、それが素人くさいからこそ、効果があるのだと知っていた。

〈ありがたい手助けはもう望めないからな〉

ランサムの手下ふたりが、西の階段室にいた。三十三階の、非常口に近い物陰に、屈んでいる。自分は頭がいいと思っているらしい一方の男の機転で、ドアの上の蛍光灯は切ってあった。コンクリートの踊り場、冷たい灰色の壁、それに、ドアそのものは影に包まれている。

その影が、彼らの存在を漏らしていた。もし明かりをつけたままだったら、デイヴは遅きに失するまで気づかなかっただろう。

〈おなじみの〝電気を消せ〟作戦か。こいつら、ロバート・ラドラムの小説の読みすぎだよ〉

ふたりがそこへ来てから、あまり時間はたっていないはずだった。罠に最後の仕上げをしながら、デイヴはここ十五分のあいだに三十三階を二度通っていたのだ。

〈やつらが曲がりなりにも訓練を受けてるなら、三十二階にもうひと組仲間がいて、ドアの反対側で待ってるはずだ。マニュアルそのままの、標準的待ち伏せ法だね〉

三十二階と三十三階のあいだでデイヴをはさみ撃ちにするのが、彼らの計画だろう。ふたりが上から、ふたりが下から撃ってくる。専門用語を使えば、〝両面攻撃〟だ。それによって標的は、細切れ肉と化す。

〈ということは、次のひと続きの階段を途中まで上らないと、ドンパチは始まらないってことだ〉

デイヴは、三十二階への最後の数段を上った。靴の踵が、コンクリートの段に当たってこだました。物陰のふたりは、デイヴが来るのを知っている。すでに彼の足音を聞き、音の進む方向を耳で追い、無線機に向かって熱心にささやいていたはずだ。

〈どのぐらい、やつらはあそこにいたんだろう？　どのぐらい、聞いていていたんだろう？　援軍を呼ぶ時間はあったんだろうか？〉

階段のあいだの空間、ビルの天井から一階まで垂直に延びる吹き抜けは、待ち受けている敵が見えるぐらいの広さがあった。ふたりとも壁にぴたりと張りついている。どちらも、ずんぐりした醜い突撃ライフル銃を肩の高さで構えていた。

〈AR15か？　いや、ちがうな。もっと大きな弾倉があって、もっと装弾数の多いやつだ〉

デイヴは立ち止まり、息を整えようとするかのように、はあはあと呼吸した。ズボンからシャツの裾を出し、それで顔をあおぐ。苦しそうに息を吐き出して、「この階段にはまいったな」と、ちょうど彼らに聞こえるぐらいの大きさの声でつぶやいた。上にいる男の片方が、さっと無線機を口もとに引き寄せる。

〈まぬけめ。無線機にしゃべるのと、ライフルを向ける行為を同時にすることはできないんだ。おまえら、なんにも教わってないのか？〉

デイヴは肩を丸めて、階段上りを再開した。次の階のふたりは撃ってこないだろう。

すぐには撃ってこない。彼らはデイヴを確実に仕留めたがっていて、そのためには、彼を両側から攻撃するしかないのだ。三十二階と三十三階の中間にある踊り場にデイヴが達するまで、発砲はしないはずだ。デイヴはそれを確信していた。

確信があっても、安心はできない。デイヴの心臓は高鳴り、今、急に、ほんとうに息が苦しくなった。額に汗が浮き出る。左目の下の小さな筋肉が、勝手に引きつる。膝に力が入らない。デイヴは煙草が吸いたかった。

わざと罠に向かって歩く時というのがある。敵を狩り出す唯一の方法がそれだからという場合もあれば、こちらの目的を達成する唯一の方法が、敵の罠を作動させることだという場合もある。しかし、ほとんどの場合、自分自身の罠におびき寄せるためにそうするのだ。

だからといって、罠に向かって歩くのが簡単になるわけではない。

左目の下の筋肉は、収まりがつかなくなっていた。両方の手首の、静脈が最も皮膚に近い部分が、ずきずきする。拳銃に手をのばさないよう、意識して努力しなければならなかった。

デイヴは階段を上った。一段。二段。三段。四……。

この瞬間だけ、デイヴの姿が隠れた。三十三階のふたりには、もう彼が見えない。

ふたりは、デイヴの八段先の踊り場に狙いを移して、視界内に彼が入ってくるのを待っていることだろう。ドアの向こう側にいる男たちは、筋肉を緊張させて、飛び出す態勢を整えているはずだ。どちらのチームも、自分たちの標的がどこに現われるか承知しているつもりでいる。それに対する準備をしているし、それを楽しみにしているし、そして、おそらく、事が終わったあかつきには、たがいの背中をたたいて、きつい冗談を飛ばし、煙草に火をつけて、結局のところデイヴィッド・エリオットの件はとくにむずかしい任務ではなかった、と言い合うことだろう。

デイヴは、階段の手すり――冷たい中空の管――に片手を置いた。

一度深呼吸をする。

ぐいと体を引き寄せ、床を蹴り、押し、跳躍した。

地上三十二階。失敗したら、それで終わりだ。

デイヴは吹き抜けを通過して、反対側の手すりを飛び越え、足の親指の付け根で着地した。短く、簡単なジャンプで、危険なのは、三十二階のすぐ上の階段からすぐ下の階段へ飛び移る一瞬だけだった。

「しまった！」上から声がした。音もなく弾丸が飛んできて、デイヴが着地したコンクリートにぽつぽつと穴があく。デイヴはすでにそこを離れていた。

手すりをつかんで、飛び下りる。二、三段おきに階段を駆け下りた。次の踊り場へ行かなければならなかった。三十二階のすぐ下の階段でぐずぐずしていると……

非常ドアが勢いよくあいた。靴底がコンクリートに当たる音。

……そうしていると、後ろの男たちにすてきな背中を見られてしまう。

デイヴは手すりを越え、飛んだ。弾丸の雨が、頭上の、背後の、わきの空気を切った。

いらだちの声。「ちくしょう、ちくしょう、ちくしょう！」

デイヴィッド・エリオットは走る。

「こちらシラサギ！　やつは三十一階に、三十階に、下へ向かってる！　おまえはどこにいるんだ？　なんだって？　西の階段室だよ、まぬけ！　こっちへ来い、急いで！」

誰かが、おそらくひとり以上の人間が下へ銃を撃ち、弾倉が、おそらくひとつ以上の弾倉が空になった。弾丸が壁に穴をあけ、コンクリートの、岩のように堅い破片が飛び散る。デイヴは肩に、蜂に刺されたような痛みを感じた。

敵は、銃を撃ちながら階段を駆け下りている。ぺしゃんこになった弾丸が、そこいらじゅうを飛び交っていた。

〈標準的なやりかただね。標的をまともに撃てないのなら、バウンドした弾でやっつけろ〉

デイヴはまた手すりを飛び越えた。一発の弾丸が、跳弾が、顎の下をひゅっと通過する。デイヴはたじろいだ。遠い下の階段――どのぐらい下だろう?――で、突然ドアがあいた。男たちが上がってくる。敵はデイヴをはさみ撃ちにするつもりなのだ。

〈二十六階。あと一階だ〉

デイヴは足をすべらせ、転ばずに持ちこたえ、立ち直った。望みの場所に、二十五階に来ていた。

上の階段をちらりと見る。あった。長く、平らなそれが、置いたときのままに、くねくねと階段を上っている。それを二十九階まで延ばすのは、予想外にきつい仕事だった。それを使わなければならないときが来るとは、思っていなかった。

ランサムの手下たちが今、その先端を通り過ぎている。彼らはそれを見ていないし、たとえ見たところで、深く考えることはしないだろう。緊急用消火ホース。

デイヴは赤と緑のハンドルを両手でつかんで、回した。きつくて動かない。デイヴはあわてて、もう一度ぐいと回した。ハンドルが堅くなっている。

〈ああ、神様、これは勘弁して〉

足を踏ん張って、思いきり力を入れた。ハンドルが動く。ホースが、ごぼごぼという音としゅーという音をたてた。水がホースを流れる。デイヴはさらに力を入れた。ハンドルが楽に動くようになった。しゅーという音が、轟音に変わっていく。消火ホースはもはや平らではなく、動きを見せていた。水が満ち、丸くなり、動く。水はものすごい勢いでホースを進み、ひと続きの階段をひとつ、ふたつと上っていき、前進するごとに水圧が高まった。

〈水圧はどのぐらいかな？　記憶が正しければ、百キログラム以上だ。そして、それはだな、ものすごく高い圧力なんだ〉

ホースが急に左右に大きく揺れて、階段を上り始めた。まるで生き物のようで、黄褐色の巨大な蛇が体を揺すりながら目覚める姿を思わせる。ホースがここで、先端から階段五つぶん離れたところで揺れているとすると、ノズルのほうは……

悲鳴が反響しながら、吹き抜けを下りてきた。

……手のつけようがないほど暴れているはずだ。百キロあまりの水圧をはらんだホースが、すばやい動きでのたうち回る。二、三キロある重たい真鍮製ノズル。一撃を食らっただけで、筋骨たくましい男の脚が折れてしまうだろう。

悲鳴が大きくなった。すさまじい速度でこちらへやってくる。デイヴが顔を上げたちょうどそのとき、人間の体が通過した。吹き抜けをまっすぐ落ちていくその男は、腕を振り回して、手すりをつかもうとしていた。顔は、絶望と恐怖で蒼白だった。

〈なんてこった〉

ほんとうに、なんてことだ。デイヴは彼らを殺したいとは思っていなかった。彼らに手間取らせたかっただけだ。

頭上からは、さらなる悲鳴と叫び声が、そして、少なからぬ量の罵声が聞こえてくる。デイヴはそれを無視した。もっと重大な心配事があったのだ。下方の階から上ってくる男たちが、かなり接近していた。デイヴがドアをこじあけて、二十五階へ逃げたとしても、すぐ後ろに追っている彼らは、簡単にデイヴを標的にしてしまうだろう。

彼らの足音が――どのぐらい近い？――、一階か二階下から聞こえる。ひとりが、あえぎながら言った。「上で何が起こってるんだ？」

それほど息を切らしていない声が答えた。「知る方法はたったひとつさ」靴の踵がコンクリートを打つ。彼らは走っている。

自動小銃が立て続けに発射され、消火ホースに縫い目を作った。どの穴からも水が噴き出て、水圧が弱まり、のたうっていたホースがおとなしくなっていく。階段を駆け下りる男たちは、安全にホースの横を通れるようになった。

先ほど罠を仕掛けているとき、デイヴは太い同軸ケーブルを二重にして、いくつかの立て管に巻き付けておいた。そのうちの一本が、この階にあった。ケーブルはしっかり結んであるから、ほどけることはないだろう。デイヴはそれをつかむと、脚に巻き始めた。

〈本気じゃないと言ってくれ〉

左脚を二周、右脚を二周。

〈おまえさんはすっかり正気を失ってる〉

左肩を越えて、股をくぐり、背中で交差させ、右肩と左肩を越える。

〈相棒、はっきり言っておく。俺は死にたくない〉

急ぎの引っかけ結びのできあがり。

ケーブルをぐいと引いてみた。しっかりしている。パラシュートのハーネスをまねて急いで巻き付けたものの、信頼性は確かだ。

〈おい、だめだ、相棒！　やめてくれ！〉

一発の弾丸が胸をかすめた。デイヴは気にしなかった。あわててはいないがきびきびした足取りで小さく一歩踏み出し、つま先で跳躍して、手すりを飛び越える。長年経験を積んだ忘れることのない完璧な技術でダイブした。少年時代の濁った茶色の池へ、緑濃い山間の湖へ。腰のところでふたつに折った体を宙でひねって回転させ、直立の体勢になる。安全な世界へ飛び込む泳ぎ手。

じつにいい気分だった。

デイヴは階段のあいだの空間を落ちていった。落ちる途中で、目を大きく見開いて口をぽかんとあけた男の顔が見えた。「なんてこった！」男がつぶやく。

弾丸がどこかを通過する音が聞こえたものの、心配する必要のないぐらい離れていた。

ケーブルをつかみ、やってくる衝撃に備える。はじめて飛び下りたときよりはましだろう、とデイヴは推測した。フォートブラッグ上空八百メートル。クラスのひょきん者のひとりかふたりは、弱々しいジョークを飛ばしていた。ほかの者はみな、暗い顔をして仲間の目を避けていた。ろくでなしのキューバ系二等軍曹が、落下傘降下指揮官だった。やつは、開いたドアの横に立ち、風に負けない金切り声で、番号を唱えたり卑猥なことを言ったりしていた。あのキューバ系の名前は……？

急に衝撃があって、ケーブルがぴんと張った。パラシュートのハーネスの、キャンバス地でできた平らなひもよりもっと薄いケーブルが、両脚に切れ込む。予想外の痛みに、肺から空気がどっと押し出された。

〈うっ！　痛い〉

左に体を揺らし、弧を描いて手すりを越えると、あざができるぐらいの強さで壁にぶつかった。反射的に引っかけ結びを解いて、コンクリートの床に倒れ、転がる。

「ちくしょうめ！」誰かが怒鳴った。「あのくそったれを見たか？」

ほかの誰かが命じる。「下だ！　下へおりろ！　やつを逃がすな！」

デイヴはシャツの下から拳銃を抜いた。脚がしびれ、震えていた。無理やり立ち上がる。歯を見せてにやっと笑うと、上の階へ向かって二十発入りの弾倉を空にした。

〈もう祝砲かい？〉

移動すべき時が来ていた。弾丸が静かにぴゅーんと飛んできて、上方の階段に当たり、跳ね返る。デイヴは偏見を交えずに敵の腕を批判した。自分はあれほど撃ちやすい的となっていた。彼らの腕がもっとよかったら、やられていたはずだ。どうやら、お手製バンジージャンプが彼らの度肝を抜いたらしい。

〈さて、この場を離れてもいいかな？〉

デイヴィッド・エリオットは走った。きょう一日そうしていたように、垂直方向に走ったから、自由へは一歩も前進していない。そして、公平に言えば、囚われの身にも一歩も近づいていなかった。

十九階で、楽々と仕掛け線を飛び越える。十七階を走っているとき、男――たぶんふたりの男――がそれに足を引っかけるのが聞こえた。男たちの叫び声ににんまりしながら、すべりのよい石鹼水の入ったバケツをふたつ空にする。

追跡者たちはそこへ来ると、悪態をついた。いや、悪態をつく者もいた。叫び声やうめき声をあげる者もいた――骨折した者だ。デイヴは痛みの声を聞いて、笑いたい気持ちを抑えた。

十五階を走っていると、怒気に満ちた、それでいて耳に心地よい罵声がした。上で、誰かが速乾性のねばねばしたゴム糊に靴を奪われたのだ。そののしり声は率直な怒りから発せられるものにちがいなく、その率直さゆえになおさら満足を誘った。

それとは対照的に、まずいときに電子レンジのそばを通った男は、罵声をあげなかった。男はただうめいていた。そのうめきのなかに、ショックの響きが聞き取れた。おそらく医者に診てもらう必要があるだろう。しかも、すぐに。運の悪いやつだ。だが、死にはしない。仕掛けはたいしたものではなく、従業員休憩室から盗んだ小型電子レンジだった。デイヴは、ダイエット・コーラの二リットルびんを二本、そのなかに隠して、緊急用コンセントにプラグを差し込んだ。そして、そこを通りかかったとき、スイッチを入れた。四十七秒後、熱されたコーラの爆発と、粉々になったレンジのドアの破片によって、追跡者がまたひとり排除されたというわけだ。

デイヴはすべてを──負傷者の怒りの声すべてを、卑猥な悪態すべてを、助けを求める叫び声すべてを──走りながら聞いた。走りながら、くすくすと笑った。

十三階（ビルの管理会社の論理によると十四階）に、クリーニング溶剤のびんを置いたことを思い出した。なんの見通しもなく、その側面に、盗んだ紙マッチをテープで貼り付けておいたのだった。

追跡者たちが、行く手にばらまかれた一見無害な丸めたコピー用紙──じつは、見た目どおり、なんの仕掛けもない──のせいで減速を余儀なくされているあいだに、デイヴには、びんを空にし、マッチをつけ、十二階へ下りながら、床にこぼれたクレンザーにそのマッチを放り投げる時間が十分にあった。ぱっと炎が上がると、デイヴはもう自分を抑えられなかった。

追跡者たちが最後に聞いたのは、うれしさのあまり腹をかかえてげらげら笑うデイヴの、吹き抜けに響き渡る声だった。彼らは立ち止まり、不思議そうにたがいを見て、首を横に振った。

エナメル引きのふたつの真鍮が、ジョン・ジェームズ・クロイター大佐のフィールド・テーブルの上で跳ね、きれいな音を響かせる。大佐がそれをつまみ上げて、明かりにかざし、いぶかしそうに目を細める。口のまわりを舌でなめると、頭のわきを掻き、顔をしかめた。「さて、中尉、おめえさん、カナリアを食ったような顔でそこに一日じゅう突っ立ってる気か、それとも、こいつがなんなのか俺に教えてくれる気かい？」

「記章です、大佐。あるロシア人将校の階級章です」デイヴは、鼻高々な気持ちを声から取り除くことができない。取り除くつもりもなかった。

クロイターが手で頬をこする。顔を上げてデイヴを見て、それからふたつの真鍮の記章に視線を戻す。「見たとこ、佐官のもののようだな。たぶん、少佐だろう」

「そうです。まさにそのとおりです」デイヴは、畳んである紙を大佐のテーブルに置く。大佐が、死んだ鼠を見るようにそれを見る。「で、こいつは？　おめえさんのサンタクロース宛おねだりリストか？」

「いいえ、大佐。南ベトナム政府軍大尉の名前が書いてあります。ソ連の少佐が、早すぎる死を迎える少し前に、自分に渡してくれました」デイヴは舌を噛む。そうしなければならなかった。そうしないと、笑い出してしまうだろう。

クロイターが紙を開いて、うなずく。フィルターのないキャメルを箱からたたき出し、親指の爪でマッチ棒に火をつけると、顔をしかめて煙草を吸った。「で、エリオット中尉、いったいどうやって、こんな奇跡的な手柄をものにしたんだ?」

デイヴは歯を見せる。「それはですね、大佐……」腹から笑いが沸き起こるのを感じた。「……思ったんですよ……」自制しようとして、顔が赤くなる。「……生きているほうが……」我慢できない。「……死ぬよりも……」もうだめだ。「ずっと楽しいって!」笑いが爆発する。

マンバ・ジャックが頭をのけぞらせ、いっしょに笑う。「いやはや、中尉、おめえはたいしたたまだ。まったく、いやはやだよ。おめえとは美しい友情を築いていけそうだな」

3

午後七時三分

デイヴィッド・エリオットはエレベーターを降り、四十五階に歩を進めた。

〈そろそろ犯行現場へ戻っていいころだ。もし何か答えがあるとすれば、それが見つかるのはこの場所だろう〉

センテレックス社の役員用オフィスには、鍵が掛かっていた。受付係はとっくに帰ったし、秘書たちもみんな六時前に帰ったはずだ。仕事中毒の役員がひとりかふたりは、まだこの時間までぐずぐずしているかもしれない。たいてい、そういうのがいるのだ。デイヴは彼らと顔を合わせたくなかったが、顔を合わせた場合の対処法もちゃんと考えてあった。

自分用のオフィスの鍵を鍵穴に差し込んで回し、ドアをあける。

〈バーニーがこの階に電子カードというやつを採用してなくて、よかったと思わないか？　あれときたら、入室者と退室者全員のＩＤナンバーを自動的に記録するんだ〉

受付エリアを急いで通って、左へ曲がり、バーニー・レヴィーのオフィスに通じる廊下へ入った。そのとき、ふと気を変えて立ち止まり、くるっと向きを変え、東へ、十二時間前にランサムとカールーチの弾丸にすくまされた場所へ歩いた。

修繕は完璧だった。弾丸の穴はふさがれ、溝になった部分は壁紙が貼られていた。ひっかき傷も、くぼみも、何ひとつない。

〈証拠がまるでないな。けさ起こったことを誰かに証明しようとしても、相手はおまえさんを見て、悲しそうに首を振るだけだろうよ。うわさが立つぞ。デイヴもかわいそうに、空想の世界に生きてるんだ、とな〉

カーペットを、カールーチの血が流れた部分を見た。しみひとつない。ここでひとりの男が血を流して死んだという痕跡が、ほんの少しも残っていない。カーペットは、廊下のほかの部分と色合いが同じで、毛足の長さが同じで、擦り切れ具合まで同じものと交換されている。

〈すばらしいプロの仕事だな。だけど、ジョン・ランサム氏とその仲間のやることだ、これぐらいはこなすさ〉

バーニーのオフィスのほうへ戻ろうと、受付エリアに入ったとき、みごとな仕立ての服を着たフレデリック・L・M・サンドバーグ・ジュニア医師とあやうく衝突しそうになった。

サンドバーグが小さく後ろに下がり、背後をちらりと見てから、気を落ち着かせる。貴族みたいに礼儀正しく言った。「こんばんは、デイヴィッド」

「やあ、先生」フレッド・サンドバーグは、センテレックス社役員会の最年長メンバーだった。イェール大学医学部学部長の座は数年前に退いたが、開業医としてはまだ現役だ。患者を会社役員に限定しており、料金は高いが腕もいい。実際、信頼のおける腕前なので、バーニーやデイヴをはじめ、センテレックス社のほとんどの役員のかかりつけ医となっている。

く上品だ。

「ごきげんいかがかね？」サンドバーグの口調は穏やかかつなめらかで、このうえな
「最高とは言えませんね」

サンドバーグがいんぎんに微笑む。「そう聞いとるよ」

デイヴは眉をひそめた。「あなたも、ほかのみなさんもですね」

「そのとおり。バーニーが午後遅くに役員会を招集した。言うまでもなく、きみのことが唯一の議題だった」医師は、さらに言葉を継ごうとするかのように、完璧にひげを剃ってある頬を撫でた。デイヴが先に言った。

「先生、あなたはわたしを知っていますよね。少なくとも五年間、わたしを診《み》てくれているんだから。わたしのことは表も裏も、大腸の奥十センチのことも知っている」

サンドバーグが金縁眼鏡のフレーム越しにじろじろと見る。「確かに」

「ということは、わたしの頭が変じゃないことも知っている」

サンドバーグはきわめてプロらしい微笑みを浮かべた。「もちろんだとも。それに、デイヴィッド、断言するが、わしもほかの連中も、きみがほんとうに、その……」不適切な非医学用語を使うことを見越して、貴族的な鼻にしわを寄せる。「……頭が変だとは思っとらん」

「幻覚の再現現象だというでっちあげ話でしょう?」

「でっちあげじゃないよ、デイヴィッド。わしは証拠を見た。ランサム捜査官が……」

「捜査官? あの男がそう言ったんですか?」マークもその言葉を使っていた。

「そう言っただけじゃない。ほんとうにそうなんだ。連邦政府の……」

「うそをついているんです。やつは雇われた殺し屋だ」

サンドバーグの顔に、同情と哀れみが浮かんだ。赤茶色のスポーツ・ジャケットの下から、明るい黄色のウエストコートがのぞいている。ベストではなく、ウエストコートだ。彼のような気品と風貌を備えた男だけが、こんな異様な恰好をすることができる。サンドバーグがウエストコートのポケットのひとつを手で探った。

「気をつけたほうがいいですよ、先生。わたしは凶暴だと彼らに警告されたはずです」

「確かにそう警告された」ポケットから白い長方形のものを抜き出す。「ああ、これだ。ランサム捜査官の名刺だよ。よく見るがいい」

デイヴは、サンドバーグの手から名刺をさっと取り上げた。

退役軍人局
特別捜査官
ジョン・P・ランサム

電話番号とワシントンの住所が載っており、公式の紋章が浮き彫りになっている。デイヴは唇をすぼめた。「うまく印刷してある。だけど、印刷代は安いですからね」

「偽造じゃあないよ、デイヴィッド」サンドバーグの声は低く、少し悲しげだった。

「けさ、この男のポケットを探ったとき、こいつは別の名刺を持っていました。特殊コンサルティング事業団という名刺を。それによると……」

「デイヴィッド、いいか、わしはランサム捜査官の身元を徹底的に調べたんだ。わしのような歳と地位になれば、いろいろなところに知己がおる。だから、古い友人たちに慎重に当たってみた。彼らは、ランサムがまさに自分で言っとるとおりの人物だと請け合ってくれた」

デイヴは首を振った。「この男はプロです、フレッド。彼はあなたをだまし、あなたの友だちをだました。それが、プロのすることなんです」

「いいだろう、デイヴィッド、きみの言い分はよくわかった。だが、もし彼が政府の役人でないとすると、なんなのかね?」

「知りませんよ。わたしにわかっているのは、朝食以来、やつとやつの同類が大勢、わたしを殺そうとしていることだけです」

サンドバーグの顔に、医者としての強い好奇心が現われた。その表情は、こう言っているようだ。なるほど、エリオットさん、で、異星人たちはあなたを惑星Xへ連れていって、何をしたんですか?

その表情に、デイヴは言葉を詰まらせた。「先生……フレッド、そんな顔でわたしを見ないで。こっちの話も聞いてください」

「もちろん聞くさ、デイヴィッド。喜んで。だが、きみの話の内容は想像できると思うね。簡単に言えば、きみの話は、謎の機関からやってきた謎の男たちが、きみには見当のつかない理由できみを殺したがっとる、ということだろ? きみは何もしておらん。清廉潔白な男だ。だが、〝連中〟は、きみを殺したがっとる。要点はそういうことだろ、デイヴィッド? きみはそういう話をしたいんじゃないか?」

デイヴは目の前が暗くなる気がした。唇をこすり、靴に目をやった。サンドバーグが続ける。「デイヴィッド、わしの頼みを聞いてくれ。きみが話そうとしてる内容について、よく考えてみるんだ。信憑性があるかどうか、検討してみるんだ。そして、疑わしくないと思ったら、わしに話してくれ。つまり。……その……精神の不調から来る症状ではないという説明を」

デイヴは顔をしかめ、首を振った。「頼みを聞くのは、あなたの番ですよ。わたしの話をよく考えてみてください。もしそれがほんとうだとしたら、どんなことが起こるかを。わたしが気がふれたとみんなに信じさせたかったら、彼らがどんなうそをつくか、考えてみてください」

サンドバーグが、聞き分けのない子どもを叱るように言う。「話が問題じゃなくて、記録が問題なんだよ、デイヴィッド。わしは書類を見せてもらった。すべての書類を。知ってのとおり、わしはふたつの国防委員会に席を置いとるから、かなり高度な秘密にまで近づく権利がある。だから、きみを……その……保護しようとしとる者たちは、わりと簡単に書類を見せる気になってくれた。彼らの描くきみの肖像は、美しいとは言いがたかったね。もちろん、きみに非はない。きみは単なる罪なき犠牲者だ。恐ろしいほど罪がないようだな。あのころはわが国の最もいい時期ではなかったし、当局がきみに——きみときみの仲間たちに——したことは、常軌を逸しとる」

デイヴは、歯ぎしりする思いで言った。「当局は、わたしに何もしていない。われわれに何もしていない。われわれの誰かが何をしたにせよ、内輪で行なったことだ。

いいですか、先生……フレッド、あなたが見せられた書類はにせものです。うそなんです――完璧で、申し分なくて、釣り合いがとれていて、非の打ちどころがない大ぼらなんです」

「今でもマーク・トウェインを引用しとるんだな、デイヴィッド？」

「頭がおかしかったら、そんなことしないでしょう」

「きみならするだろう。デイヴィッド、きみの状態については前にも話し合った。わしの懸念に対するきみの反応を覚えとるから、こんなことは言いたくないんだ」

「なんです？」デイヴは噛みつくように言った。「言ってください、先生。さあ」

「きみは今でも……すまない、デイヴィッド、ほんとうにこんなこと聞きたくないんだ……今でも、声を聞いとるのかね？」

「ああ、なんてことを、先生！　あれは……あれは、なんでもない。あれは、わたしなりの……前にも言ったように、あれはほんとうの声じゃなくて、単に自分に話しかけるようなものなんです」

　サンドバーグがゆっくりとくり返した。「自分に、話し、かける」こくんとうなずく。そのうなずきが、すべてを語っていた。

「ちくしょう、わたしは……」

「覚えていると思うが、きみがはじめてこの——なんと言うか——性癖について話してくれたとき、わしは、わしの同僚のひとり、言わば専門家に診てもらったほうがいいと勧めた」

「先生、そのときも言いましたが、今も言わせてもらいます。精神分析医など必要ありません。わたしは、あなたと同じように正気なんです」

サンドバーグは首を振った。「デイヴィッド、デイヴィッド、くり返させてもらうし、これはぜひ理解してもらわねばならんのだが、誰もきみのことを正気でないなどとは言っとらん。いいか、きみは精神異常ではない——通常の意味ではな。わしはきみに起こったことを裏づける確かな証拠を見ておって、それによると、きみときみの部隊の仲間の多くは実験用の向精神薬を飲まされたんだ。そして、予期されない副作用が起こった。きみの部隊長だった人から話を聞いたところ……」

デイヴはてのひらで壁をたたいた。「やめてくれ！　やつらはそんなことを言っているのか？　起こったことはすべて、われわれが薬を飲まされていたからだと？　とんでもない！」

「デイヴィッド。落ち着くんだ」サンドバーグがふたたびウエストコートのポケットに手をのばした。デイヴは拳銃を持ち上げた。サンドバーグが円筒形に包装された口臭消しミントを取り出す。「頼むから、デイヴィッド、そいつをわしに向けんでくれ」包みからミントをひと粒つまんで、口に放ると、包みをデイヴに差し出した。デイヴは首を横に振った。医師が話を続ける。「デイヴィッド、きみは、みんながきみを殺そうとしていると信じとる。しかし、わかっとるかな、すべての証拠は……」

「これはどうです？」デイヴは拳銃を示した。

「それについては、警告された。きみが警官から奪ったんだ」

「先生、これは警官の持つ拳銃じゃありません」

「銃に関しては、それが自分とけっして相容れんということ以外、何も知らんのだよ」

デイヴはいらだちにうめいた。

サンドバーグが声を低くし、より親密な口調で言う。「まだあるんだ、デイヴィッド。ヘレンがわしに電話してきた」

「やれやれ」

「当然のことながら、彼女はきみのことを心配し、きみの与えられた実験薬の作用について心配しとった。そして、長いあいだ、自分たちの結婚がうまくいっとらんような気が……」

「やめてください、先生。結婚生活のカウンセリングを受ける必要があるとしても、今のわたしの優先事項の上位にはないんです」

「妻に対する気持ちが最優先事項でない男には、わしに言わせれば、単なるカウンセリング以上のものが必要だね」サンドバーグは、ミントの包みをポケットへ戻した。

デイヴは長いため息をついた。「よしてくれ、先生、わたしは……」医師のしようとしていることを見て、デイヴの声がきつくなった。「ベストのポケットから手を出すんだ、先生」

「ウエストコートだ」

「ええ。そこに何が入っているんです？　ミントの包み以外に、何を入れているんです？」

サンドバーグ医師が悲しそうに微笑む。「催涙ガスの小型スプレーだよ。みんなに配られた。単にきみの力を弱めるためのものだ、デイヴィッド。それ以外の目的のものでないことは、約束する」

「先生、あなたとわたしは――わたしたちは、友人ですよね？」

「そうだと、心から願っとるよ」

「よかった。なぜかと言うと、わたしがこれからあなたにすることは、友情ゆえの行為だからです」

サンドバーグは後ろへ下がろうとした。できなかった。デイヴによって、知らぬ間に、壁が真後ろに来る位置に立たされていたのだ。

4

最高経営責任者《CEO》のオフィスの飾り付けは、しばしば会社について年報より多くのことを明かしてくれる。例えば、どの証券アナリストも知っているように、ジェット機のプラモデル――特にガルフストリームやリアジェットやその他高価な個人用飛行機――を自室に飾っているような代表者を持つ会社は、注意したほうがいい。そんなミニチュアがあるということは、とりもなおさず会社が非常に高価なジェット機を所有しているあかしであり、代表者が、一般人と同じくユナイテッドやアメリカンやデルタで旅行するのは大いなる威厳をけがすと信じて、株主の金をふんだんに使ってそれを買ったことを意味するからだ。

同様に、自室の飾り付けを〝インテリア・アーキテクト〟や自分の妻（二度めのや、若いのや、ブロンド）に任せるような代表者を、経験豊かな投資家たちは当然疑う。

通常、その結果として見られるのは、ふかふかだが幾何学的におかしな椅子や、メルセデスを所有する民芸品作家による原色の陶製の置物や、ジム・ダインやフランク・ステラやショーン・スカリーやブルース・ノーマンのスタイルをとっているが、これら現代の巨匠たちの本物の作品よりもずっと値の張るリトグラフだ。

対照的なのが、ニューヨークよりもカリフォルニアのシリコンヴァレーやマサチューセッツの一二八号線沿いのハイテク地区に多く見られる経営者たちのオフィスで、これみよがしに平等主義をとっている。置いてあるのは、金属の机、ビニール張りの椅子、カーペットのない床、壁にあるのはホワイトボードだけ、それに、もしかすると、配線図が二、三枚貼ってあるぐらいだ。事情通は、そういった経営者も要注意だと知っている。会社の社長というのは、定義によると、究極の決定権を持つ権力者だ。

しかし、経営者のなかには、こういう責任を恐ろしい重荷だと感じる者がいる。そんな脅威をかわすため、彼らは大衆的な装飾物で周りを固めて、民主的会社管理の仮面で顔を隠す。質素なオフィスは、臆病で優柔不断な経営者の、まずいちばんに目につくしるしなのだ。

バーニー・レヴィーのオフィスには、これらのことを示すものはない。そこを使用する男と同じく、地味で、伝統の価値を表現している部屋だ。センテレックス社のほかの役員の部屋より少しだけ広いバーニーの仕事部屋は、四十五階の北東の角を占めている。窓からは、セントラル・パークを含んだ一帯を見渡すことができ（めったにない空の澄み渡った日には、ハドソン川上流のウエストチェスター郡まで見える）、東を向けば、国連ビル、イースト川、クイーンズ、ロングアイランド、そして、遠い大西洋の鮮明で紺色をしたきらめきが見えた。

バーニーのデスクは黒っぽいマホガニー製で、伝統的な様式の美しい彫刻が施されている。背もたれの高い椅子は、連邦最高裁判所判事にも品物を納める職人から買ったものだ。ソファも同じところで買ったもので、ふっくらしていて、座り心地がいい。装飾用の骨董品や安ぴか物や土産物はわずかしかなかった。黒曜石のペン入れに入ったモンブランの万年筆。中国の合弁事業の共同経営者からもらった骨董のそろばん。妻と子どもの写真が入った、部屋にひとつだけ置かれた銀の写真立て。多くの慈善行為のひとつを記念する、エッチングされた六面体の水晶の文鎮。そして、ソ連製ＰＴＲＤ対戦車砲用の、十四・五ミリの大きくて醜い弾丸一発。長さ十八センチのその弾丸には、バーニーの名前と次のような言葉が彫られている。〝第三大隊Ｂ中隊、仁川より敵地へ赴き生還す。一九五〇－一九五二。揺るぎなき忠誠〟

絵に関しては、バーニーは、ワイエス一家――Ｎ・ＣからアンドルーまでDNA――が描いた絵を何枚か飾っていて、それらはすべて、センテレックス社のポケットからというよりもバーニーのポケットから支払われた。バーニーのワイエス好みは、センテレックス社役員のスコット・サッチャーがかなり有名な美術収集家で、とくにブランディワイン派が好みだという事実に大いに関係しているのではないか、とデイヴはにらんでいた。

バーニーのオフィスで奇異な感じのする装飾はふたつだけ、本とコーヒーメーカーだ。本のほうは、『エクセレント・カンパニー』から『リエンジニアリング革命』まですべて、デイヴが〝重役の信仰療法〟と見なすジャンルの十五年間の蓄積だった。センテレックス社の会長は、これまで知られていなかった経営効率向上の秘密を明かすと約束している本に目がない。それらをすべて買い、すべて読み、すべて信じるのだ——少なくとも、次の本が出るまでは。

デイヴは、本の背に指をすべらせ、それらがもたらした思い出に微笑んだ。

そして、バーニーのコーヒーメーカーがある。それにも、デイヴは苦笑させられた。どういうわけか、おそらくはカリフォルニアに本拠を置く意欲向上教の導師の影響を受けて、バーニーは、センテレックス社の役員秘書たちをお茶くみ仕事から解放すべきだという決定を下した。今後、役員室を訪れた客は、自分で選択したコーヒーか紅茶かココアを丁寧に出してくれる優しい秘書に会うことはなくなる。そして、自分のコーヒーメーカーを持ち、ティーバッグやココアをそろえておくのが、それぞれの役員の責任とされた。

六桁の年収のある役員がポットやフィルターや粉にしたコーヒーと格闘して時間を浪費するのが重要だと考えたバーニーの真意を、誰も推し量れなかったが、バーニーはそれを断固として主張した。四十五階の簡易キッチンはコピー室に改造されて、それぞれの役員室に東芝製コーヒーメーカーが支給された。

結果は、悲惨だった。カーペットにはしみがつき、大事な書類にはコーヒーの粉がはね、高価な戸棚はつやを失った。出された飲み物のまずさにむせ、面食らった何人かの客が、ひそかに植木鉢にカップの中身を空けたことは、言うまでもないだろう。

惨事に次ぐ惨事で一か月が過ぎたとき、秘書たちが反乱を起こした。朝早く出勤して、上司のオフィスに忍び込み、自分たちでコーヒーを作り始めたのだ。まもなく平和が取り戻され、バーニー以下全員が、望みのものを手に入れたようだった。

そういうことを忘れやすく、自分で認める以上に秘書に頼っているバーニーは、またコーヒーメーカーをつけっぱなしで部屋を出たらしい。デイヴはスイッチを切った。

「どういたしまして、バーニー」と、小声で言う。

コーヒーポットにはバーニーの個人ブレンド、フロア全員の羨望の的が半分入っていた。デイヴはカップにコーヒーを注いで、口に含み、にんまりした。バーニーが力説するところでは、サンフランシスコは、どの会社も客に美味なコーヒーを出すことを誇る全米唯一の街なのだそうだ。そこで、彼は、特製サンフランシスコ・ブレンド――アラビカとコナと何かがブレンドされている――を毎月センテレックス社に航空便で送るよう手配した。だが、どこの店で買っているのかは教えなかったし、ほかの役員たちに豆を手に入れてやることもなかった。バーニーはにやりと笑って言った。

「わたしは、バーニー・レヴィーのところじゃニューヨーク一うまいコーヒーを出すと、みんなに覚えてもらいたいんだ。そうすれば、彼らはまたコーヒーを飲みに来てくれて、商談が進むという仕組みさ。きみたちもそういうふうにしたかったら、自分で自分のコーヒーを探すことだ」

〈バーニー。彼はすべてのことに見解を持っている。最後の偉大なる実業家だね〉

デイヴはコーヒーを味わった。文句のつけようのないコーヒーだ。バーニーのファイルのどこかから、仕入れ先の名前が見つかるのではないだろうか。

〈優先順位がちがってるぞ、相棒。バーニーのファイルを調べるんなら、何かほかの

ことを探すべきだ〉

デイヴは、バーニーの真鍮製コースターのひとつに、そっとコーヒーカップを置いた。椅子を回転させて、バーニーの戸棚と向き合い、金てこで戸棚の錠をこじあける。

いちばん上の抽斗《ひきだし》には、センテレックス社会長の個人的な秘密書類があった。濃い黄緑色のペンダフレックス・エセルテのファイルフォルダーが二列に並び、それぞれのフォルダーに、色分けされたラベルが付いて、中身を区別している。黄色のラベルは、役員会の議事録。緑のラベルは、バーニーにとって最も大切な慈善事業用――救世軍、小児病院、ユダヤ人支援連合、盲人のための灯台、米国動物愛護協会。八つのフォルダーの透明ラベルには、センテレックス社各部門の名前が見える。ひとつある青いラベルには、〝ロックイヤー研究所〟と書かれている。オレンジ色のラベルは、事業の計画及び予測用。紫は、獲得候補企業に関する投資銀行の分析。十以上ある赤いラベルのフォルダーには、センテレックス社最上級役員それぞれの名前があった。

デイヴは、自分の名前の付いたフォルダーを抜き出した。

それは驚くほど薄かった。こともあろうに、はじめに、デイヴがセンテレックス社へ提出した求職願書のコピーがあった。願書にホチキスで留められた写真には、ニードル散髪をすませた、やる気満々の若者が写っている。願書の次は、〝人材部〟と名前が変わる前の人事部とのあいだを行き来した何枚かのメモ。その部は、昇進、昇給、配置転換を取り扱っている。保険申込書が数枚に、彼の入社後何年かの上司たちによる勤務評定書が一、二枚、そして、昇進の階段を上っていくさいにサインしたたくさんの契約書や誓約書のコピー。ファイルの最後のほうに、センテレックス社顧問弁護士と証券取引委員会とのあいだの通信文を何通か見つけた。デイヴが会社役員になったとたんに、彼が行なう自社株の取引すべてが、委員会の興味の対象となったのだ。

フォルダーにあった最後の紙は、ＦＢＩの便箋に書かれた手紙だった。

デイヴの胃がひっくり返った。

「レヴィー殿」と、それは始まっている。「あなたの知人であり被雇用者であるデイヴィッド・Ｐ・エリオット氏につきまして、当局は氏の素性調査を行なう義務があることをお知らせします。本調査は、一九五三年の国防供給請負者法及びその修正条項に基づき必要かつ適切であると見なされるもので、機密である事項、特別許可が必要である事項および、またはその他防衛に関わる事項を含む事業に携わる会社の役員や取締役への機密事項取扱許可の発行に関連しています。つきましては、本調査の依頼者の指示により、下記署名者は、あなたの都合がつき次第、詳しい話し合いを持ちたいと思います。ご協力感謝します」

〈これはこれは〉

国防供給請負者法？　しかし、センテレックス社は国防関連の事業には関わっていないはずだ。それどころか、政府の仕事はひとつもしていない。

〈あるいは、してるのかな？〉

デイヴは手紙を二度読んだ。たいしたことは書かれていない。

〈日付はどうなってる？〉

三日前。手紙の日付は、ほんの三日前だ。さて、これはいったいどういう意味だろう？　それに、なぜ――なぜ、なぜ、なぜ――こんなに年月がたってから、わたしが陸軍を除隊になった日に取り消された機密事項取扱許可を、誰かが復活させようとしているのか？

〈さらに悪いことに……〉

さらに悪いことに、この手紙が偽物でないかぎり、デイヴは連邦政府の調査対象だということになる。そして、ランサムは自分が政府の捜査官だとみんなに言っている。〈サンドバーグ先生の言ったことが正しいと仮定すると、ランサムはほんとに政府の人間だぞ！〉

それはおかしい。政府は、罪のない民間人を殺したりはしない。四十七歳の中年ビジネスマンを暗殺するために、腕の立つ殺し屋チームを派遣したりしない。そういうのは、映画や低俗小説や空想の世界の出来事だ。オリヴァー・ストーンやジェラルド・リヴェラやラッシュ・リンボーが創り出す世界の……。

〈実例があるという人々もいる。リー・ハーヴィー・オズワルド、ジャック・ルビー、ビル・ケーシー、マーサ・ミッチェルらは政府に……〉

そういう主張をするのは、狂信的グループだけだ。それに、もしその陰謀説が正しいとしても、暗殺された連中は、理由があって殺された。彼らは何かを知っていた。何かに関わっていた。秘密を持っていたんだ。

〈おまえさんは、何を見、何を聞き、何を知ってる？〉

何も。わたしは秘密など持っていない。国家の秘密など知らない。何ひとつ……。

〈あの軍法会議は秘密だった。軍は記録に封をした。おまえさんに、あの場で起こったことを明かさないと誓約させた〉

ちがう、ちがう、ちがう。あれは昔のことすぎる。それに、知っているのはわたしだけではない。目撃者はほかにもいた。そして、裁判に関係した誰もが、全員――会議のメンバー、訴追者、被告、速記人――が、知っている。そんなことは想像するのさえ常軌を逸して……。

〈常軌を〉

ディヴはもう一度、ＦＢＩの手紙を見た。これは本物なのか？　偽物なのか？　送られてきた理由を知る方法が、何かあるだろうか？

バーニーの電話の受話器を持ち上げ、手紙の署名の下に印刷された電話番号をたたいた。最初のベルで、応答があった。「こちら、連邦捜査局ニューヨーク支局です。業務時間は、午前八時三十分から午後五時三十分となっております。お話しになりたい相手の内線番号をごぞんじの場合は、入力してください。ごぞんじでない場合は、星印のボタンを押してください」

ディヴは、こういう機械化された電話システムが大きらいだった。星印のボタンを強くたたく。「交換手にメッセージを残されたい場合は、£（ポンド）のボタンを押してください。音声メール・システムをご利用になりたい場合は、〝０〟のボタンを押してください」

〝０〟をたたいた。

「ご利用になりたい音声メール・ボックスの持ち主の苗字を、電話のボタンを使って入力してください。〝Ｑ〟の文字は、〝０〟を代用してください」

デイヴは手紙の署名を見た。その名前を押していく。

「あなたが入力された名前の者は、この音声メール・システムを使用しておりません。もし、まちがって名前を入力されたり、入力し直したいかたは、星印のボタンを押してください」

デイヴは電話を切った。

もしかすると、手紙の送り主は、FBIの人間ではないのかもしれない。もしかすると、FBIの人間ではあるけれど、あのいまいましい電話システムのデータベースに名前が入っていないのかもしれない。もしかすると、もしかすると、もしかすると……。デイヴにはわからなかった。答えられなかった。答えはどこにもないのだ。

それとも、あるのだろうか？

考えなければならない。忘れていることとか、頭から追い払ったことが何かある。それが、今起こっていることを理解する鍵だ。だが、まずは……。

バーニーの戸棚にあるファイルをじっと見る。人事、慈善事業、事業計画、役員会、獲得候補企業、部門運営。このどれかに、手がかりがあるかもしれない。抽斗の最初のファイルに手をのばす。と、そのとき、バーニーが後ろ向きで部屋に入ってきた。

バーニーは、秘書用の小部屋からではなく、西のドアから入ってきた。役員用会議室と直接つながっているドアだ。後ろ歩きしながら、まだ会議室側にいる誰かに話しかけている。「……知らないのかい？」

デイヴははっとして息をのみ、心臓が止まるのを確かに感じた。

バーニーが続けて言う。「ちょっと待って。あれはあんたのじゃないか、あそこのフォルダー？」役員用会議室へ戻っていった。

デイヴはバーニーの椅子からあわてて立ち上がり、クロゼットへ突進した。デイヴのオフィスのクロゼットと似た、広々としたウォークイン・クロゼットだ。バーニーはそのクロゼットを、さまざまな会議用の道具をしまうのに使っていた。ばかでかいイーゼル・パッド、マーキングペン、テープ、それに、三脚型イーゼルが五基……。センテレックス社の会長は、ホワイトボードに何か書かずに会議を進めることができないのだ。

デイヴは、ドアを完全にではないが閉め、奥の壁にへばりついた。

バーニーがオフィスへ戻ってくる。「……心臓にナイフが刺さった、そんな感じだよ」

別の声が応じて、「きみだけじゃない。オリヴィアとわしは、デイヴィッドが大好きなんだ」

デイヴはその声を知っていた。独特な鼻にかかったニューイングランドなまりの主は、スコット・C・サッチャー、センテレックス社役員会のメンバーであり、みずから経営する会社の社長であり、デイヴの数少ない親友のひとりだ。

「だから、やがてはすっかり解決するさ」バーニーが言う。「このランサムという男、ばか《シュマック》じゃないからな」

「うーん」デイヴには、サッチャーの姿を思い浮かべることができた。きっと、もじゃもじゃのマーク・トウェイン風の口ひげを撫でているか、まとまりにくい長い白髪に指を走らせているかだ。「バーナード、そのランサム氏についてだが、きみの説明は少し舌足らずなんじゃないか」

〈向こうに出ろ。今すぐ、出ていくんだ。サッチャーは、おまえさんを信じてくれる。そんな男は、世界じゅうで彼だけだぞ〉

「わたしの説明が？　どういう意味だね？」

「わしがあの男と会うのは、きょうがはじめてじゃない。わしは人の顔を忘れない。あの男は前に見たことがあるし、しかも、このビルのなかで見た」

〈今だ。さあ、行け。サッチャーはおまえさんの味方になってくれる〉

「ほう……」

「四、五週間前に、受付でだ、確か。あの男が帰るところへ、わしが入ってきた。はっきり言って、あの男についてきみに尋ねたことをよく覚えている」

〈クロゼットから出るだけでいいんだよ、相棒。「やあ、スコッティー！　あんたに会えてほんとうによかった？」〉

できなかった。そんなことをしたら、サッチャーを事件に巻き込むことになる。サッチャーの命を、デイヴ自身の命と同じように危険にさらすことになる。

〈あほんだら！　サッチャーは、世界で二番めに大きいコンピューター会社の最高経営責任者だぞ。彼の写真は、フォーブス、フォーチュン、ビジネスウィーク各誌の表紙を飾った。誰も彼には手を出せないよ〉

「まさか。ばかばかしい《ミッシガース》」

「そんなことない。あの男は、いやに偉そうにわしを見た。わしはそのことをきみに言った。きみは、あの男が、きみが買収しようとしている会社の重役だと答えた。あの男の態度から考えて、きみの返事は信じられない気がした」

デイヴは、クロゼットのドアの把手に手を置いた。

〈行け！　行け！〉

「わたしは言ってない。ほかの誰かと勘ちがいして覚えているんじゃないかね？」

「バーナード、わしは歳をとって、体力も弱り、はつらつとした青春期は遠い昔となってしまったが、耄碌《もうろく》はしていない。あの男はここにいて、きみの客だった」

デイヴは把手をゆっくりと回し、そっとドアを押した。

「バーニー・レヴィーはうそをつかない」

「それはちがう。もっと正確に言うと。『バーナード・レヴィーはめったにうそをつかない。なぜなら、うそをつくのがものすごくへただと自分で承知しているから』だ」

「スコッティ、友だちじゃないか……」

大きくなっていくすきまから、デイヴは、偽りの率直さを示して両手を広げるバーニーを見た。

「友だちだよ、バーナード。それも、四十年以上もな。わしはきみの役員会のメンバーだし、きみはわしの役員会のメンバーだ。われわれのあいだには、信頼がある。このデイヴィッドの問題で、万一きみが明かしたくないことがあるとしたら、わしはそれを尊重する。きみにはちゃんとした理由があるにちがいないからな」

〈今出ないと、二度とチャンスはないぞ、相棒〉

デイヴはてのひらをドアに当てた。ポケットの無線機が、シューという音を出して目覚めた。

サッチャーが言う。「手伝いが必要になったら、いつでも電話してくれ」

デイヴはドアを押した。

バーニーが言う。「あんたが思っているより、状況はきついんだ」

ランサムの声が無線機から呼びかけてきた。「エリオットさん？　聞いてるか？」

サッチャーが、「デイヴィッドがきみの友だちであると同時に、わしの友だちでもあることを心に留めておいてくれ」

ランサムが、「おたがいに満足のいく妥協案をあんたに提案できることになったよ、エリオットさん」

デイヴはドアから手を離した。バーニーが、「あいつは、わたしにとって息子のようなものだ」

サッチャーが答えて、「じゃあ、帰るよ。オリヴィアがうちで待っておるんでね」

ランサムが、「エリオットさん、返事をくれるとまことにありがたいんだが」

バーニーが、「おやすみ」

デイヴの声が、「うるさい、ぼけなす。今ごろきみは電波探知機を手に入れて、ビルじゅうに三角測量装置の設置をすませているんじゃないか、そうだろ、ランサム？　だったら、連中に、わたしの位置を突き止めるよう言ってみろ。わたしが何階にいるか調べるよう言ってみろ。驚くなよ、わたしはどの階にもいないんだ。ビルの外にいて、もう戻るつもりはない。なあ、ランサム、きみは全速力で走りまくっていいぞ。けれど、わたしを捕まえることはできない。わたしは、神出鬼没の男だ！」

ランサムの声は氷のように平らで、氷のように冷たかった。「エリオットさん、あまりおとなげないまねはよくないな」

バーニーがドアのそばでしゃべっている。「来週の監査委員会のミーティングには、出るかね？」

第二の声、ウズラの声が、無線機から聞こえてきた。「やつは、ほんとうのことを言っている。アッパー・ウエストサイドのどこかにいる」

今はバーニーのオフィスの外にいるサッチャーが、「すまない。シンガポールに行かなきゃならないんだ。わが社最大の納品業者と問題があってな」

マンハッタンのどこかで、マージ・コーエンがテープレコーダーのスイッチを切った。

ウズラがささやく。「やつが消えた。われわれはみんな死ぬ」

デイヴはじっと立ったまま、この最後の言葉を頭のなかで反芻した。

5

胸の位置に拳銃を軽く構え、クロゼットから出た。「動いたら、バーニー、あんたを撃つ」本気に聞こえるように言った。

バーニーは机に向かって座り、書類をめくっているところだった。憔悴しきった顔を上げる。「やあ、デイヴィ。会えてうれしいよ」百万歳の男のような声。

「バーニー、机の上に手を置いといてくれ。また銃を出されるのはいやだし……」

「もう拳銃はない」バーニーがわずかに笑みを見せる。

「……メースのスプレーもごめんだからね」

バーニーがうなずく。「知っているのか？」

「知っているよ」デイヴは近寄った。「ほかにも知っていることがある。でも、もっと知りたいんだ」

バーニーの顔は、悲しみそのものだった。最高経営責任者がてのひらを机に伏せる。

バーニーがしゃべったとき、その言葉がほかの誰よりもバーニー自身に向けられたものだと、デイヴは感じた。

「ああ。なら、想像してみたまえ。きみは人生のすべてを、りっぱな人物《メンシュ》たらんとして、真のりっぱな人物《メンシュ》たらんとして過ごす。懸命に働き、正々堂々と戦い、真実を言い、正しいことを行ない、国を愛する。すべてが終わったとき、どうなると思う？　教えてあげよう。人々にとって、きみはまだ、ただのきたならしいちびのユダヤ野郎にすぎんのだ。ほら、ユダヤ野郎、これをやれ。ほら、ユダヤ野郎、あれをやれ。ありがとう、おまえはいいアメリカ人だ。つまり、ユダヤ野郎にしてはな」

　バーニーはゆっくりと、悲しげに首を振った。両肩に、地球の重みすべてがのしかかっているようだ。「わたしは銀星勲章をもらった。このわたしが。バーニー・レヴィーが。知っていたか、デイヴィ？」

　デイヴは、かき集められるだけの思いやりをかき集めて答えた。「いや、バーニー、知らなかったよ」

「スコッティが、彼がひとつもらった。わたしも、ひとつもらった。驚きもの木だ。ふたりのとち狂った兵士、完全にいかれた《ファートウット》サッチャー中尉とレヴィー伍長。北朝鮮のタンクに突っ込んだんだよ。彼は四五口径、わたしはM1小銃を持って。まったく正気の沙汰じゃないね。死んで当たり前だった。なのに、ふたりとも銀星勲章を与えられた。マッカーサーが、彼が勲章をピンで留める役だった。ああ、だが、きみに見せたかったよ、デイヴィ、ぜひ見せたかった。スコッティは、片脚を撃たれてベッドに寝ていた。バーニー・レヴィーは、その隣に立っていた。老人が入ってきた。ライフ誌からカメラマンが来て、写真を撮っていた。たいした瞬間だったよ、デイヴィ。たぶん、わたしにとって最高の瞬間だった。それから、マッカーサーが勲章を留め始め、そして、どうなったと思う？　スコッティが、卑しい中尉にすぎんスコッティが、元帥を叱り始めたんだ。あの元帥を！　信じられるかね？　すばらしかった。奇跡だった。あんな場面、誰も見たことがない。わたしは――わたしは、恐れかしこまっていた。彼はその話をきみにしたかい？　つまり、スコッティのことだが」

デイヴは首を左右に振った。

「びっくりしたよ。バーニー・レヴィーはびっくりした。スコッティの父親はな、彼はマッカーサーの参謀部の医者だったんだ。つまり、戦後の日本でだ。彼とロシア人と戦略事務局の連中は、戦争犯罪の調査を行なっていた。そして何かを発見し、元帥にそれを報告すると、元帥は忘れろと言う。だが、彼らは承知せず、元帥は全員をくびにして国へ帰し、新しい医者を招いた。そして――想像してみてくれ――、五、六年後のこと、この、ベッドに横たわる一介の中尉が、世界一――世界一だぞ！――偉大な元帥にパジャマの胸に勲章を留めてもらい、カメラマンに写真を撮られている最中に、突然、父親をくびにしたことで元帥を叱りだした。ああ、デイヴィ、きみに見せたかったよ。あのずぶとさ《フーッパ》！　バーニー・レヴィーは、あとにも先にもあんな場面見たことない！」

デイヴはにこっとした。「とてもいい話だ、バーニー」

バーニーの唇に、ちらりと微笑が浮かんだ。「そうだよ」と言って、デイヴをまっすぐ見つめ、うなずく。次の瞬間、微笑が消えた。バーニーはふたたび疲れた表情をした。「わかった、わかった。話をしたかったんだな、デイヴィ。話をしよう。きみに何か話すかもしれんし、話さないかもしれん。わたしはまだ道義心を持っているからな。そいつは、誰にも奪うことはできん。だから座って、くつろぎたまえ」

「立っているよ」

「座っていようが立っていようが、なんのちがいがある？」バーニーがずんぐりした手でコーヒーカップを包んで、口もとへ持っていき、ひと口飲んだ。「きみもうまいコーヒーをどうだい、デイヴィ？」

「あんたが飲んでいるのは、わたしのコーヒーだよ、バーニー」

バーニーの表情が変化する。「きみのコーヒー？」

「ああ。あんたのファイルを見せてもらっているときに、自分で入れたんだ」

「きみがわたしのコーヒーを飲んでいた？」バーニーが突然、椅子にぐっと背を押しつけた。疲れた表情が、皮肉っぽい笑みに変わった。その笑みが広がる。バーニーは声を出して笑った。「なんとすばらしい。きみがわたしのコーヒーを飲む。今度は、わたしがきみのコーヒーを飲んでいる。すばらしいじゃないか。デイヴィ、こんなすばらしいことはないぞ」

笑い声が大きくなり、げらげらとばか笑いを始めた。

デイヴは眉根を寄せた。「なんのジョークか、わからないな」

「ジョーク？　すばらしいジョークだよ、デイヴィ！　すばらしい！　バーニー・レヴィーに対する最高のジョークだ！」笑いで体を震わせながら、バーニーが立ち上がって、コーヒーカップを持ったまま、オフィスを横切る。北向きの窓のそばに、丸い作業用テーブルと、背のまっすぐな椅子が四脚、置いてあった。バーニーは一脚の椅子の背にずんぐりした手を置くと、それをぎゅっと握り、デイヴのほうを向いた。

「世界一すばらしいジョークだ！」

いきなり、驚くべき力でバーニーが椅子を持ち上げ、窓に投げつけた。ガラスが外側へ飛び散り、夜空で回転し、風に打たれ、一瞬、宝石の嵐、氷の吹雪のように見える。ダイヤモンドの破片のなかで、白い光が反射し、屈折し、きらめく。突風に吹かれて、ガラスの針が室内へ戻ってきた。一枚の破片が、バーニーの左頬に、メスで切ったようなまっすぐな赤い線をつけた。デイヴは止めようと一歩前へ出た。バーニーが近寄るなと言うように、てのひらを向ける。悲しみの表情はすっかり消え、子どものように幸せそうだ。「バーニー・レヴィーが責める相手は、バーニー・レヴィーしかいない。これでおあいこだよ。これはしゃれたジョークだ、デイヴィ。最高のジョークだ。いいか、こんなジョークを思いつけるのは、神様だけだ」

バーニーは最後にひと口コーヒーを飲み、カップをつかんだまま、宙へ歩を進めた。

6

物体が三百メートル落下するには、六秒かかる。デイヴには、窓辺へ行って、バーニーの死を見届ける時間がたっぷりあった。言うまでもなく、デイヴは、ベトナムでぐちゃぐちゃの死体をいやと言うほど見てきた。それに慣れるのに、大部分の人間より時間がかかったが、いったん慣れてしまうと、もうもとに戻ることはなかった。にもかかわらず、バーニーの最期の光景は、高いところから見ているとはいえ、気分の悪くなるものだった。非常に気分の悪くなるものだった。

ずんぐりしたバーニーのあわれな体が、破裂する。

もげた手脚、ピンク色の腸、ぬるぬるした灰色の臓器が、通りに飛び散った。ぎらつく街灯の下ですっかり黒く見える血液が、細長い筋となって噴き出た。五番街を東へ疾走していた車が歩道へ乗り上げ、火花の跡を残しながら斜めになってビル沿いを走り、煙を噴きながら横転した。血を浴びた女性が卒倒した。連れの男性が膝をついて、その女性が倒れているところに嘔吐した。遠くの人々が悲鳴をあげた。サッカーボールほどの大きさのバーニー・レヴィーの一部が、パーク街の交差点へ転がっていき、いくつかのブレーキが鳴り、フェンダーがぶつかり合った。力のゆるんだ飼い主の手から革ひもをもぎ取った犬が、臓物のにおいに魅せられて夢中で走っていく。

地上四十五階で、割られた窓から身を乗り出していたデイヴィッド・エリオットは、目をそらして、冷たく心地よい風を顔に受け、空気がさわやかなことをありがたく思った。通りへというよりは空へ向かって、つぶやく。「ああ、なんてことだ、バーニー、どうしてこんなまねをした？　ここまでするほどのことじゃなかったはずだぞ。それがなんであろうと、わたしはあんたを許しただろうに。解決できたはずだよ、バーニー。何もこんなことを……」

物音。

下の通りからだけでなく、バーニーのオフィスの外の廊下からも聞こえる。カーペットを走る音。ポンプ式ショットガンが薬室へ弾丸を送り込む重たい金属音。冷静な声。アパラチアなまりだ。「上に注意しろ」

〈ぶったまげた！　やつはずっとこの階にいたんだ！〉

デイヴはさっと窓から離れ、オフィスを急いで横切って、クロゼットに飛び込むと、暗闇で縮こまった。バーニーのオフィスのドアがぱっとあく。ドサッという音と、すり足の音が聞こえた。デイヴの心の目に、現場の映像が浮かぶ――標準的な攻撃戦法だ。ひとりが、引金を引く指を緊張させて、戸口でうつ伏せになっている。別のひとりが、膝をつき、ショットガンか自動小銃で大きな弧を描きながら標的を捜している。三人めが、腰を低くして、その後ろの上の位置で同じことをしている。

「オーケーか？」ランサムはオフィスの外から話している。

「オーケーです。でも、問題があります」

「なんだ？」

「ユダヤ野郎が自殺しました。飛び下り自殺です」

通りでサイレンが出し抜けに鳴り、ランサムの返事の前半がかき消された。デイヴに聞こえたのは、「……重圧に耐えられないと気づくべきだった」という部分だけだった。

「地元の警察がやってくるまでに、数分ある」ランサムは今はオフィスにいて、落ち着き払い、低く冷静な声で指示を出している。「ミソサザイ、手伝いを三人選んで、われわれの道具を基地へ下ろせ。階段を使えよ」

〈基地？　やつら、別の階に作戦基地を設置したのか？〉

「アオカケス、電話をして――盗聴防止装置を使えよ――、標的の血液サンプルが今すぐ欲しいと病理に伝えろ。救急車にのせ、サイレンを鳴らして大至急ここへ持ってくるようにとな」

〈血液サンプル？　どこで血液サンプルを手に入れたんだ？　おまえさん、ここ何か月も採血されたことがないのに。サンドバーグ先生に採血されて以来……あっ、そうか。あった、あった、あった……〉

「はあ？」

「ＤＮＡ鑑定だよ、アオカケス。あの割れたガラスに、標的の血液をちょっと振りかけてやろうと思ってな」

「なるほど。名案です」

「行動開始だ」

「イエス、サー」

別の、もっと鈍感そうで、もっと年上の声が言った。「どういうことかわかりません、ボス」

「アオカケスと俺は、警察より数分遅れて到着する。これが単純な自殺でないことが、ほのめかされるだろう。第一容疑者についても、ほのめかしがなされる。鑑識は、二種類の血液型を犯行現場で発見する。大当たり、こいつは殺人だ。そして、標的の検死がなされるとき、またしても大当たりが出る」

〈検死？　ランサムがどんな取引を提案しようとしてたのか、これでわかるというもんだ〉

ランサムが続ける。「ハイイロガン、マスコミに情報を流してくれ。ラジオ、テレビ、新聞、あらゆるところにだ。危険な男が上司を窓から突き落とす。殺人鬼が歩き回っている。危険人物。撃ち殺す必要あり。八時半までには、ニューヨークのすべての警官がやつを捜しているはずだ」

「やつが街を出たらどうします？」

「心理学に反した行動だな。やつは、俺たちと同類だ。大急ぎで逃げ出すことはないだろう」

「わかってるさ。やつの知人や接触を試みようとする人物は全員、監視下に置いてあるんだろ？」

「はい。ひとりに付き二チームずつで」

〈ひゃあ！　この男はいくつの連隊を指揮してるんだ？〉

「よし。マンハッタン島を出る方法はいくつある？」

ハイイロガンは間をおいて、考えた。「自動車用トンネルが四本。橋がたぶん十六、七。ヘリポートが三。地下鉄によるルートが四つか五つ、もっとあるかもしれません。フェリー。空港が、ニューアークとウエストチェスターを入れて、四か所。鉄道線路が三本。ああ、そうだ、ケーブルカーでローズヴェルト島へ渡って、それから……」

「多すぎる。全部を監視できるだけの人員はない」

「ワシントンへ連絡することもできます」

〈ワシントン？　なんと、こいつら、やっぱり政府の回し者なのか？〉

「現時点では、それは望ましい選択じゃないな」ランサムの声に新たな響き――かすかな不満と、かすかな動揺――が現われた。「まったく望ましくない。主要ルートと空港に、何人か配置するだけでいい。それが、俺たちにできる最善のことだ。残りの

「ですが……」

者たちは、指示を伝達してくれ。警察と出くわしたら、冷静に行動するように、と。相手はニューヨークの警官だ。俺たちが扱い慣れてるやくざな連中とはちがう。はした金で買収されることはない。口にチャックをして、対決は避けろと伝えろ。よし、行け」

「無線です。ボスに連絡が入ってきました。緊急です」

「よこせ……コマドリだ……なんだって？……みごとだな、まったくみごとだ……了解。コマドリ通信終了。よし、みんな、聞いてくれ。ミソサザイが十七階で、頸動脈を串刺しにされた」ロボットみたいに感情のない声。

クロゼットに屈んでいたデイヴは、唇を噛んだ。〈あのペーパーナイフじゃ人を殺せないはずじゃなかったか、相棒？〉

ランサムの冷ややかな一本調子が続く。「諸君、これはだらしないぞ。午後、標的を待ち伏せする企てが失敗したあと、階段をくまなく調査するようにと命令を出した。俺はその結果に失望している。今後はもう少しプロらしく行動しようじゃないか。標的の非協力的態度を考えると、注意を怠ってはならない」

「ボス、われわれはやつを捕まえるのですか？」

「そのとおりだ、ハイイロガン。街で捕まえられない場合は、やつがここへ戻ってきたときに捕まえる。やつは必ず帰ってくるからな」

〈とんでもない！〉

「よかった。自分は、エリオット氏とちょっと個人的な時間を持ちたいと思います」

「だめだ。給食の列の先頭は、この俺だ。食べ残しを出す気はない」

（上巻　おわり）

○訳者紹介　東江一紀（あがりえ　かずき）
1951 – 2014。英米文学翻訳家。主訳書：ウィリアムズ『ストーナー』（作品社）、ウィンズロウ『キング・オブ・クール』（角川書店）、ルイス『ライアーズ・ポーカー』（早川書房）、サファイア『プレシャス』（河出書房新社）、オズボーン『氷の微笑』（扶桑社）他、多数。楡井浩一名義でノンフィクションの翻訳も多数。著書：『ねみみにみみず』（越前敏弥編、作品社）。

垂直の戦場【完全版】(上)

発行日　2022年8月10日　初版第1刷発行

著　者　ジョゼフ・ガーバー
訳　者　東江一紀

発行者　小池英彦
発行所　株式会社 扶桑社
〒105-8070
東京都港区芝浦1-1-1　浜松町ビルディング
電話　03-6368-8870(編集)
03-6368-8891(郵便室)
www.fusosha.co.jp

印刷・製本　図書印刷株式会社

定価はカバーに表示してあります。
造本には十分注意しておりますが、落丁・乱丁（本のページの抜け落ちや順序の間違い）の場合は、小社郵便室宛にお送りください。送料は小社負担でお取り替えいたします（古書店で購入したものについては、お取り替えできません）。なお、本書のコピー、スキャン、デジタル化等の無断複製は著作権法上での例外を除き禁じられています。本書を代行業者等の第三者に依頼してスキャンやデジタル化することは、たとえ個人や家庭内での利用でも著作権法違反です。

Japanese edition © Kazuki Agarie, Fusosha Publishing Inc., 2022
Printed in Japan

ISBN 978-4-594-09087-6　C0197